KB050629

Return of the Meister

Return of the Meister 5

초판 1쇄 인쇄일 2015년 2월 7일 ㅣ **초판 1쇄 발행일** 2015년 2월 10일

지은이 서 야 ㅣ **펴낸이** 곽중열 ㅣ **담당편집 팀장** 이범수
편집부 신연제 이윤아 김호성 김은경

펴낸곳 (주)조은세상 ㅣ 출판등록 제2002-23호
주소 경기도 연천군 미산면 청정로1355
TEL 편집부 02)587-2966 ㅣ FAX 02)587-2922
e-mail bukdu@comics21c.co.kr

ⓒ서 야 2014
ISBN 979-11-5512-953-1 ㅣ ISBN 979-11-5512-822-0(set) ㅣ 값 8,000원

※잘못 만들어진 책은 바꿔 드립니다.
※저자와의 협의에 의해 인지는 생략합니다.

귀환 마이스터

5

서야 현대 판타지 장편소설

NEO MODERN FANTASY STORY

북두
(주)조은세상

CONTENTS

*Return
of the Meister*

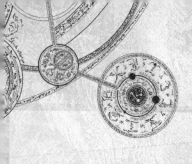

Return of the Meister

NEO MODERN FANTASY STORY

1. 전조

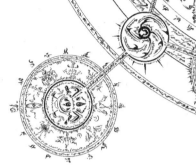

1. 전조

*Return
of the Meister*

서울 지하철 2호선.

오전 7, 8시대의 지옥철이라고 불리우는 지하철 타봤어?

등교하는 학생들부터 출근하는 직장인들까지 저마다 지하철을 놓치지 않으려고 발버둥을 치지.

물론 나도 그중 한 사람이거든.

하지만 그들과 난 다른 점이 있어.

나는 그들처럼 발버둥치지 않아.

그 상황을 즐기는 거지.

난 정확히 7시 45분 지하철을 타지.

이 시간 지하철은 큰 매력이 있어.

그게 뭔지 알려줄까?

바로 이 지하철을 놓친다면, 다음 지하철부터는 무조건 지각이니깐.

이런 내가 학생인 게 들통 났군.

어쨌든 이것은 나뿐만이 아니라 이 지하철에 타고 있는 애들은 다 그래.

난 그들의 표정을 보면서 즐기지.

탄 놈과 안 탄 놈의 표정 차이.

으하하하하.

어떻게든지 이 지하철을 놓치지 않으려고 안간힘을 쓰면서 지하철문으로 꾸역꾸역 몸을 구겨 넣지.

나야 별 수 있어.

내 임무를 수행하기 위해서는 나도 그들과 마찬가지인 것처럼 연기를 하지.

탄 놈의 표정은 아주 볼만해.

애들 얼굴엔 이 지하철을 탈 수 있었다는 안도감이 배어 있거든.

하지만 결국 못 탄 놈들의 표정은 더욱 볼만하지.

난 지하철 안에서 그놈들의 표정을 보는 게 즐거움이지.

그놈들과 그리고 헐레벌떡 달려와 이 지하철이 떠나는 것을 황망하게 보고 있을 놈들.

그놈들 표정을 상상하면 아주 재밌어.

흠.

내일부터는 이 시간대 지하철 말고 다음 지하철을 타봐
야겠어.

그놈들 표정은 어떨지 궁금하거든.

정말이지 볼만할 것 같아.

?

니 놈들은 지금 날 보고 있는 거야!

내가 어떤 놈인지 궁금하다고.

뭐 어때.

어차피 나란 놈이 어떤지는 상관없으니깐 말이야.

설명해주지.

보.통.학.생.

이게 다냐고?

그래 나를 설명할 수 있는 건 이것뿐이군.

누가 봐도 그냥 보통학생이야.

나란 존재는 존재감이 없는 그냥 보통학생이지.

예전에는 그것이 미칠 것만 같이 싫었어.

어떻게든지 나를 표현해보고 싶었지.

좋아하는 여학생에게 고백한 적도 있지.

그런데 그녀가 뭐라는 줄 알아?

우리 학교 학생 맞냐고 물어보더라.

3년이나 같은 중학교를 내내 다녔는데.

그렇게 내 짝사랑은 끝났지.

같은 고등학교를 진학했는데도 여전히 날 모르는 눈치더라.

아니, 이번엔 모른 척 하더라.

자기한테 고백했다가 차인 남학생에게 아는 척 당하는 게 싫었겠지.

아니 아니 아니지.

나 같은 놈이 아는 척을 하는 그 자체가 싫었을 지도 모르지.

난 언젠간 그녀에게 복수할 거야.

아주 신랄하게.

그녀의 눈앞에서 말이야.

그년의 표정을 한번 보고 싶어.

미치도록 말이야.

어쨌거나 지금은 좀 다른 일을 해야 해.

이 지하철에 탄 녀석들의 표정이 너무 좋거든.

그게 싫다.

저 녀석들 웃는 표정이.

지각을 면했다는 표정에서 이제는 헤헤거리고 웃다니!

어떻게 하냐고?

방법은 간단해.

사람들이 많잖아.

난 그냥 이 무거운 백팩으로 그저 밀치기만 하면 되.

그러면 지하철문 옆에 서있는 저놈은 그냥 나가 떨어지는 거지.

그리고 이때 잘해야 해. 저 놈이 다시 지하철 안으로 재진입할 수 없도록 다른 사람들을 백팩으로 잘 밀쳐야 해.

이건 정말이지 신중한 작업이야.

난 이 재미 때문에 이 시간에 지하철을 타거든.

지하철문이 닫히고 홀로 이 정거장에서 남은 녀석의 황당한 표정을 보는 게 내 취미야.

그런데 슬픈 일은, 아니 이제는 나에게 기쁜 일은….

내가 그렇게 하고도 녀석들은 날 모른다는 거야.

음하하하하.

이게 보.통.학.생의 매력 아니겠어?

한 녀석 성공했네.

녀석은 지금쯤 내가 타고 있는 이 지하철의 꽁무니를 보면서 울분을 토해내겠지.

콩나물 시루처럼 꽉 찬 지하철을 타고 다니는 보람이 있
어.

이제 곧 교문이야.

학년주임이 학생들을 노려보지.

그런 학년주임조차 나란 학생은 눈에도 안 들어올 걸.

언젠간 학년주임 한번 제대로 곯려주어야겠어.

생각만 해도 신나군.

이제사 말하지만 나에겐 아주 큰 비밀이 있어.

무슨 비밀이냐고?

말할 수 없지만 말해주지.

그러기 위해서는 내 어깨를 봐야해.

보았지?

검붉은 연꽃처럼 생긴 인장.

이게 어떻게 생겼는지 이제 말해주지.

난 이것덕분에 새로운 활력을 찾았어.

인생을 사는 이유를 말이야.

어느 날 밤이었지.

정확하게는 3년간 짝사랑하던 여학생이 날 몰라보던 그

날 이후로 난 끝없는 나락으로 추락했지.

우리 부모님은 그런 날 안타깝게 여겼는지 극단의 처방을 하셨지.

정신병원으로 날 보내 버린 거야.

오! 날 불쌍히 여기지마.

정신병원은 분명 좋지는 않았지.

하지만 그 덕에 지금의 내가 있는 건데.

하지만 그 당시만 해도 내 머릿속에는 온통 죽어야지 하는 생각뿐이었지.

그리고 난 죽기로 결심했지.

그래서 한강다리를 찾아갔지.

밤이라 그런지 주위는 온통 새까맣기만 하더군.

자살 시도를 했냐고?

그럴 뻔했지.

그것이 나에게 다가오지 않았다면.

그것은 이제 내 인생의 큰 축복이야.

왜 죽어!

지금 지하철 장난은 애들이나 하는 거라고.

난 지금은 테스트중이라고.

테스트가 끝나면 나는 비상하게 될 거야.

모두의 머릿속에 내 이름 석자를 똑똑하게 집어 넣어줄 거거든.

으하하하하하.

생각하기만 해도 신난다.

아 참, 내 친구들에게 할 말이 있네.

나같이 인장을 가진 녀석들이 꽤 있거든.

우리 언제 한번 모여서 제대로 놀아보자!

큭큭큭.

니들 다 죽었다!

❖

서울사립고등학교 방과 후.

이번 대통령배 고교야구 우승기를 거머쥔 서울고 야구 부원들의 사기는 하늘을 찌를 만큼 올라 있었다.

최진혁이라는 확실한 투수가 그들의 뒤를 받쳐주고 있

는 한 무적이라는 생각들을 하고 있었다.

더구나 만년 7, 8, 9번 하위타순의 반란.

그들이 바로 우승기를 거머쥐는 데 결정적인 역할을 했다고 생각하고 있었다.

그들은 이제 3, 4, 5번의 타선을 장악하고 있었다.

졸지에 채민수, 이동명, 봉중근이 밀려나버린 셈이었다.

하지만 서인석 감독이 보는 눈은 달랐다.

4번 타자겸 투수인 이동명을 살리지 못하면 이번 대통령배의 신화는 일회성 거품일 수밖에 없다고 생각했다. 진혁이 이번 대통령배때도 시간내는 것이 어려웠는지 잘 알고 있기 때문이었다.

더구나 진혁은 아쉬울 게 없다.

그런 놈을 억지로 끌고 와서 야구를 시킨다는 것 자체가 어불성설이었다.

어떤 이유에든지 야구를 해야 할 절박함, 목적이 있어야 했다.

그리고 오랫동안 한솥밥 먹으면서 훈련을 해온 품안의 선수들이 조금이라도 더 실력이 향상되었으면 하는 게 서인석 감독의 바램이었다.

"이놈아, 계속 야구시합에 억지로 참가하기 싫으면 지금 시간 좀 내라."

서인석 감독이 진혁에게 한 말이었다.

진혁은 감독의 그 말을 알아들었다.

안 그래도 그 자신도 당분간 이동명등 몇몇의 선수들을 봐주어야겠다는 생각을 하고 있던 차였다.

"애들아, 이놈아는 당분간 니들 감독대행이다. 그런 줄 알고 1학년이라고 무시하는 놈 있으면 내가 콱 죽여논다!"

서인석 감독은 야구부원들을 모아놓고 협박조로 말했다.

'쟤가?'

이동명은 눈살을 찌푸렸다.

감독이 말하는 코치대행은 바로 진혁이었기 때문이었다.

비단 야구부만이 아니라 운동부의 경우 서열에 대한 예의가 굉장히 엄격하다.

그런데 3학년인 자신이 1학년이 진혁을 감독대행이라고 해도 그런 상황 자체가 불편한 것은 사실이었다.

이동명뿐이 아니었다.

2, 3학년 선수들은 같은 표정들이었다.

"이것들 봐라, 봐라! 이것들이 우승기를 쳐 먹더니 아주 심장이 배 밖으로 나왔구나!"

서인석 감독은 운동장이 떠나갈 새라 쩌렁쩌렁 외쳤다.

"……."

선수들은 서로의 눈치를 살폈다.

"이것들 봐라! 딱 눈감고 일주일만 참아라! 니들 청룡기도 우승하고 싶나! 그렇다면 니들 간이고 쓸개고 다 버려라!"

서인석 감독이 답답한 마음에서 또 한번 외쳐댔다.

"감독님, 잠시만 부탁드립니다."

진혁은 감독에게 속삭였다.

"그래, 네가 알아서 해라. 이제부터 네가 감독대행이다."

서인석 감독은 진혁의 부탁대로 선수들이 모여 있는 자리에서 나가버렸다.

정적.

감독이 야구부실을 나가자 더욱 조용해졌다.

이때 진혁이 한걸음 앞으로 더 나와서 정중하게 허리를 굽혀서 인사를 하고는 말했다.

"선배님들, 1학년인 제가 본의 아니게 결례를 범하게 되었습니다. 딱 일주일, 일주일 동안만 감독대행을 하겠습니다. 그렇다고 제가 선배들에게 반말을 하거나 선배들을 무시거나 하는 행동을 하지는 않습니다. 혹여 선배님들 눈에 저의 그런 모습이 비쳐진다고 느끼시면 일주일 뒤 저를 징계해주십시오. 그때는 선배님들 뜻대로 하십시오."

"……."

"……."

진혁의 말에 선수들은 꿀먹은 벙어리처럼 서있었다.

"딱 일주일만 저에게 동기들과 선배님들을 도울 시간을
허락해주십시오."

진혁도 한번 더 간청했다.

사실 진혁이 일주일 시간을 낸다고 했지만 그에게는 그
렇게 시간이 많지 않았다.

청룡기가 시작되는 5월이면 네이비도 출시되기 때문이
었다.

그렇게 되면 청룡기 대회를 참석한다는 것은 아예 불가
능했다.

네이비에 회사의 사활을 걸었을 정도로 모든 직원들이
매일 철야를 하고 있는 판국이었기 때문이었다.

지금도 마찬가지였다.

그래도 시간을 억지로 짜내어 일주일 동안 이들, 야구부
원들을 돕기로 한 것이었다.

이들 자력으로 대통령배의 우승기가 거품이 아니라는
것을 증명토록 말이었다.

진혁의 이런 마음을 서울고의 야구부원들이 알까.

물론 알지 못할 것이었다.

지금 자신들에게 시간을 내주는 진혁이 얼마나 바쁜지.

진혁의 회사에서 얼마나 그를 필요로 하는지 말이었
다.

그가 운영하는 회사가 지금 얼마나 잘나가는지.

증권계에서 떠오르는 다크호스.

아니 증권계뿐만 아니라 재계에서도 황금블루칩으로 주목하고 있는지를 말이었다.

야구부원들은 그저 어미새에게 먹이를 달라고 쫑알거리는 귀여운 아기새처럼 순수하고 귀여운 존재였다.

때로는 서열문제로 다투기도 하고 말이었다.

진혁은 그런 야구부원들을 이해하고 있었다.

산전수전 다 겪은 그로서는 지극히 당연한 일이었다.

"휴우, 감독님도 말씀하시고…… 딱 일주일이다."

이동명이 입을 열었다.

그러자 다른 선수들도 고개를 끄덕였다.

진혁은 빙그레 웃었다.

"일주일 동안 잘 부탁드립니다."

그는 그렇게 말하고는 선수들을 차례차례 보았다.

각자의 문제점은 이미 충분히 파악하고 있었다.

하지만 모든 선수들을 다 파악한 것은 아니다. 정확히 대통령배에서 주전으로 나온 선수들만 파악한 셈이니깐 말이었다.

오늘은 후보선수들도 파악해야 하겠다고 생각하고 있었다.

"지금부터 두 팀으로 나눠서 시합을 하겠습니다."

진혁은 그렇게 말하고는 청팀에는 이동명을 중심으로 하는 기존의 3, 4, 5번 라인을, 백팀에는 새로운 3, 4, 5번 라인의 선수들을 배치했다.

그리고는 후보선수 19명을 나누었다.

"모두가 골고루 기회가 가게끔 경기를 할 겁니다. 중간에 타선이 폭발하는데 뺀다고 서운해하지 마십시오."

진혁은 사전에 선수들에게 못을 박았다.

경기가 시작되었다.

진혁은 28명의 선수들에게 눈을 떼지 않고 그들의 경기하는 모습을 지켜보았다.

확실히 새로운 황금라인업으로 등장한 3, 4, 5번이 소속된 백팀이 폭발적인 타선을 자랑했다.

하지만 그것은 공격에서일뿐 수비에서는 이동명이 있는 청팀이 확실히 우세를 보였다.

오랫동안 다져진 안정된 수비와 투수 이동명의 확실한 투구는 꽤나 인상적이었다.

'흠, 이동명은 조금만 손보면 타자보다는 투수로 확실히 자리매김을 할 수 있겠는데.'

진혁은 또 한명의 투수, 1학년 조홍기를 주목했다.

아직 컨트롤이 안 되고, 기회가 없어서 그렇지 제법 재목 자체는 좋았다.

그 외 1학년 양종수와 2학년 김한근도 제법 괜찮은 투수 자질이 있었다.

'투수는 이들 중심으로 훈련 좀 시키고….'

진혁은 매의 눈으로 선수들을 살펴보는데 집중했다.

'채민수도 선구안이 좋은데. 조금만 다듬으면 조성완처럼 뛰어난 동체시력을 가질 수 있겠군.'

시간이 흐를수록 진혁의 입가에서는 미소가 피어오르고 있었다.

이들은 만년 16강 서울고 야부부원들이었다.

그래서 내심 걱정을 많이 했는데 막상 뚜껑을 열어보니 조금만 자신이 손을 내밀면 청룡기 우승은 몰라도 4강은 들 수 있겠다는 생각이 들었다.

단순히 마나를 주입해서가 아니라 그들 몸에 쌓인 노폐물을 제거하고 동시에 고질적인 나쁜 습관을 제거해나가면 말이었다.

그것은 진혁에게 꽤나 쉬운 일이었다.

보통 고질적인 나쁜 습관을 제거하기는 참으로 어려운 일이었다.

하지만 진혁이 마나를 주입하는 방식은 일종의 컴퓨터에 소프트프로그램을 다시 까는 것과 마찬가지였다.

싹 밀어버리고 새롭게 프로그램을 까는 것처럼 말이었다.

그 방식대로 하게 되면 선수들은 자신도 모르게 몸 안의 노폐물을 제거하는 동시에 고질적인 나쁜 습관 자체도 사라지는 것이었다.

그때가 중요하다.

다시는 나쁜 습관을 몸에 배이지 않게 하기 위해서는 철저하게 새롭게 훈련할 필요가 있었다.

'딱 일주일이면 되지.'

진혁의 입가에서 악마같은 미소가 걸렸다.

그 미소의 너머에는 열심히 서로 경기를 벌이는 서울고의 야구부원들이 있었다.

❖

박미현은 요즘 이상한 생각이 자꾸 들었다.

누군가 자신을 염탐하고 있는 것만 같았다. 그뿐이 아니었다.

온몸에 소름이 돋을 정도로 끈적끈적한 시선이 자신을 향하고 있는 것만 같았다.

특히나 지금처럼 이렇게 혼자 골목길을 걸을 때는 더욱 심했다.

그녀의 집은 버스정류장에서 내려서 10여 미터 따라 걷다가 오른쪽으로 골목으로 우회전해서 약 50여 미터 쯤 걸으면 골목 끝이 나오는데, 바로 그 골목 끝에서 다시 왼쪽으로 돌아서 10여 미터 걸으면 된다.

그다지 버스정류장하고 먼 거리는 아니긴 했다.

박미현의 걸음으로도 버스정류장에서 약 5분정도면 집에 도착할 수 있다.

하지만 요 근래 들어서 그 5분이 너무도 긴 시간처럼 느껴지기 시작했다.

요사이 이런 느낌은 더욱 심해졌다.

물론 예전에도 한 두 번씩 누군가 자신을 따라온다는 느낌을 받은 적은 있었다.

뭐 대부분은 박미현을 짝사랑하는 남학생들이 간혹 그녀를 쫓아오기는 했다.

어렸을 때부터 남자애들의 관심을 많이 받던 박미현이었다. 그런 만큼 남학생들이 그녀를 쫓아온다고 해서 겁먹거나 하지 않았다.

그런데 이번에는 달랐다.

달라도 너무 달랐다.

온몸에서 소름이 끼쳤다.

버스정류장에서 내리면서부터 누군가 자신을 엿본다는 기분이 들었다.

뒤를 돌아보면 아무것도 없었다.

그런 기분은 골목에 진입하면 더욱 심했다.

뒤를 돌아보기도 싫을 만큼, 머리끝이 송골해질 만큼 초긴장상태가 되곤했다.

누군가 자신을 엿보는 기분이 드는데 정작 자신의 뒤에는 아무것도 없을 때 느껴지는 그 기분이란.

'뭐지?'

박미현은 앞을 걷는 척 하다가 불시에 뒤를 돌아보았다.

골목엔 여전히 아무도 없었다.

'내가 요즘 정신이 어떻게 됐나?'

그녀는 고개를 갸웃거렸다.

그때, 그녀의 팔에서 소름이 돋았다.

"어휴."

박미현은 자신도 모르게 신음소리를 냈다.

머리끝에서 한기가 치솟았기 때문이었다.

'진혁이한테 데려다 달랄걸.'

박미현은 진혁이 데려다 준다고 했는데 거절한 것을 후회했다.

지금 진혁은 한참 서울고의 야구선수들을 훈련시키느라 바빴다.

게다가 밤 10시에 훈련을 마치면 다시 을지로에 있는 회사로 돌아가 밤새 야근을 하는 것 같았다.

그리고는 다시 새벽 6시에 학교로 와서 선수들의 새벽훈련을 시켰다. 그리고는 선수들이 오전수업을 받을 때 다시 회사로 가서 일을 했다.

그녀가 보기엔 진혁은 몸이 하나라도 모자를 판국이었다.

그런데 고작 저녁8시밖에 안되었는데 진혁에게 데려다 달라고 하기에는 다소 무리가 있었다.

괜히 자신 때문에 신경쓰이게 하고 싶지 않았다.

'이제 30m남았어.'

박미현은 아랫입술을 깨물면서 눈은 골목 끝쪽을 향했다.

그녀의 마음 같아서는 뛰어가고 싶었다.

하지만 왠지 그렇게 뛰어 가버리면 자신이 지는 것만 같았다.

따박따박.

박미현은 양손에 힘을 꽉 주고 한걸음 한걸음 힘차게 내딛었다.

하지만 그녀의 이마에 서린 땀을 보면 얼마나 긴장하고 있는지 알 수 있었다.

'난 박미현이야.'

박미현은 스스로 자신을 다지면서 골목 끝만 바라보고 걸었다.

그때였다.

또각또각.

박미현의 등 뒤로 구두 소리가 들려왔다.

이제 골목 끝은 약 10여m밖에 남지 않았다.

'뛰어, 말어?'

박미현은 망설였다.

그런데 그녀의 등 뒤에서 들리는 구두소리가 빨라졌다.

다다다다닥.

박미현은 순간 자신도 모르게 골목 끝을 향해서 맹렬히 뛰기 시작했다.

평소 그녀의 달리는 실력은 100m에 21초였다.

평균이하의 실력이었다.

그런데 지금 이 순간만큼은 쫓아오는 사자를 피해 맹렬히 달리는 사슴과 같았다.

"미현아!"

등뒤에서 자신의 이름을 부르는 소리가 들려왔다.

"어…어?"

박미현은 자신의 이름을 부르는 소리에 뛰다 말고 뒤를 돌아보았다.

그녀의 언니, 박지현이었다.

"휴우."

순간 박미현은 자신도 모르게 안도의 한숨을 내쉬었다.

한편으로는 자신도 모르게 부하가 치밀어 올랐다.

"골목에서부터 날 부르지."

박미현은 박지현이 다가오기를 기다렸다가 자신도 모르게 마구 짜증을 냈다.

박지현이 박미현의 안색을 살폈다.

"너 진짜 심각하구나."

그녀는 박미현의 이마에 맺힌 굵은 땀을 보면서 말했다.

"말했잖아. 이 골목 진짜 이상해."

박미현의 목소리는 다소 신경질적이었다.

"난 아무렇지도 않은데."

박지현은 중얼거렸다.

"내가 귀신에 씌였단 거야?"

박미현은 더욱 짜증을 냈다.

"그러게 말이다. 미현아, 언니가 널 놀래키려고 한 것은 아니야. 어제 네 말을 듣고 오늘 일부러 확인해본 거야."

박지현이 박미현에게 차분하게 말했다.

"정말?"

박미현은 박지현의 말에 그제서야 찡그린 얼굴을 풀었다.

"혹시 누가 널 미행하지 않을까하고 거리를 두고 지켜본 건데……."

박지현은 고개를 저었다.

아무런 소득이 없기 때문이었다.

동생 박미현이 버스에서 내려 골목에 들어갈 동안, 그리고 골목에서 거의 끝까지 걸어갈 동안 내내 지켜보았다.

하지만 박미현을 뒤쫓아 온 사람은 아무도 없었다.

그런데 정작 동생 박미현은 누군가 쫓아온다는 느낌을 받고 있었다.

"아무래도 당분간 버스에서 내리면 사람을 불러서 함께 집으로 가는 방향으로 해야겠다."

박지현은 박미현의 등을 살짝 어루만져주면서 말했다.

"언니는 내가 이상해?"

박미현은 그렇게 말하면서 시무룩한 표정을 지었다.

"아니, 조심하자는 거야."

박지현은 박미현을 위로했다.

'휴우. 도대체 뭐가 이렇게 내 동생을 무섭게 하는 거지?'

박지현은 힐끔 뒤를 돌아 골목길을 쳐다보았다.

지극히 평범한 골목길이었다.

가로등도 양쪽에 3개씩이나 있었다.

물론 이곳은 서울 강남 개포동, 부자들이 모여 사는 곳인 만큼 골목길 좌우에 있는 집들은 커다란 담장으로 둘러쳐져 있다.

이곳에서 무슨 일이 생겨서 소리를 질러봐야 무의미할 것이었다.

'아무래도 경비초소를 세우자고 건의해야겠네.'

불과 50여m밖에 안 되는 골목길에 경비초소를 세우는 것이 얼마나 실효성이 있을지, 동네주민들이 호응을 할지는 미지수였다.

하지만 이렇게 손을 놓고 동생 박미현이 힘들어하는 것을 볼 수만은 없었다.

여전히 동생 박미현의 손은 땀에 젖어 있었다.

박지현은 그런 동생이 안쓰러워서 손을 꽉 쥐었다.

그때 등 뒤에서 알 수 없는 서늘한 기운을 느꼈다.

멈칫.

박지현은 고개를 뒤로 돌렸다.

…….

골목 안에는 아무것도 없었다.

"뭐야? 언니."

박미현이 박지현을 붙잡고 물었다.

"아니, 그냥 확인한 거야."

박지현은 괜히 박미현을 긴장시킬까봐서 말을 둘러댔다.

'미현이 말이 거짓이 아닐지도 몰라. 이 골목길 뭔가 있다.'

박지현은 예리한 눈빛을 빛내면서 자신들이 지나온 골목쪽을 노려보았다.

제길.

오늘 결전의 날로 정했었는데.

그녀의 언니 때문에 실패했군.

한바탕 놀아보면 좋으련만.

그녀에게 나라는 놈을 확실하게 인식시켜주려고 했는데.

뭐.

내일도 있지.

하지만 난 기어코 오늘 하고 말겠어.

내 계획에 차질이 생긴다는 것은 말도 안 되거든.

어차피 저년들이 집으로 들어가 봐야 그 둘뿐인걸.

으하하하하하.

집이라고 해서 안전하다고 생각하는 건 오만이지.

나란 놈은 어디든 갈 수 있거든.

피할 수 있다고 생각하는 건 니네들 자유야.

이제 나를 지켜봐.

내가 어떻게 할지 궁금하다고?

그렇다면 날 따라와 봐.

내가 친절하게 설명해주지.

지금 그녀와 그녀의 언니는 집에 들어갔지.

자신들이 안전하다고 여기는 도피처로 말이야.

하지만 나에게만은 피할 수 없지.

어떻게 들어가냐고?

아주 간단해.

클립 한 개.

그리고 내 힘이면 모든 열쇠는 끝이지.

찰칵.

봤지?

이 클립 하나 쑤셔 넣으면 이렇게 쉽게 문이 열리지.

그깟 자물쇠를 두 개를 걸어 놓은 다고 문제는 안 되지.

뭐? 요즘 나오는 도어락 같은 거면 어떻게 열겠냐고?

그건 그것대로 방법이 있지.

바로 나니깐.

나에게 아주 특별한 힘이 있지.

그냥 조금만 내 힘을 도어락에 주입시켜도 문은 열리고 말거든.

그런데 왜 클립을 사용했냐고?

쉿! 감히 나한테 따지다니.

그러나 말해주지.

힘을 아끼기 위해서지.

클럽 하나로 돌아가는 옛날 집에 굳이 내 힘을 분산시킬
필요는 없지.

이제 문은 열렸어.

그냥 들어가기만 하면 되지.

발소리가 안 나겠냐고?

아니지. 저위에서 내가 뭐랬지?

특별한 힘이 나에게 있다고 했지.

이제부터 내 힘을 조금씩 써야지.

별 수 있나.

그녀를 깜짝 놀래켜 주려면 말이지.

음.

그녀는 지금 목욕중이군.

언니란 년이 식당에 있어.

언니부터 처치하는 게 좋겠어.

아주 성가셔.

이 세상에서 제일 성가신 게 저런 존재들이야.

자신이 마치 보호자로 태어났다고 여기는 사명의식을
가진 자들 말이야.

저런 것들은 늘 말로만 떠들어.

막상 필요할 때는 정작 없으면서 말이야.

어떻게 처치하냐고?

음하하하하.

아주 간단해.

뭔가에 몰두하고 있는 인간들은 말이지.

기척만 없애고 바로 등 뒤로 다가가면 그대로 끝이지.

죽일 거냐고?

죽인다라.

그 생각도 해봤지.

그런데 말이야.

이 세상에서 제일 재미없는 일이 바로 죽음이란 거 알아?

죽음.

그것은 그 당사자에게는 게임 끝을 의미하거든.

이 세상에서 치루는 게임 말이야.

그렇다면 내가 그녀의 언니를 죽여서 보는 이득이 뭐지?

누군가를 죽였다는 거 말고 아무런 것도 없잖아.

내가 필요한 것은 말이야.

그들의 고통을 원해.

사랑하는 것을 잃었다는 고통.

지켜야 하는데 못 지켰다는 고통.

평생을 신음하면서,

죄책감에 빠져서.

그렇게 사는 모습을 보는게 더 즐겁지.

그런 고통은 말이야.

평생 가거든.

그러면 나는 한번 빨대를 꽂아서 평생 그 고통을 빨아들이는 거지.

어때?

단칼에 죽여 버리는 것보다 이편이 훨씬 낫다는 것을 알겠지.

이크.

니네들에게 설명하느라 언니 년이 눈치 챘네.

뭐 괜찮아.

그년 주위에 있는 모든 물건이 바로 내 도구거든.

탕.

주르르륵.

봤지?

그년이 싱크대에 놔둔 후라이팬 하나로도 제압할 수 있다는 것을 말이야.

그냥 가볍게 머리에 대고 한방 치면 되.

단, 힘 조절을 잘해야 되.

난 너무 힘이 넘치거든.

흠.

이제 쓰러진 그녀의 언니 년은 만일을 위해서 방구석에 처박아 놔야겠지.

하루 정도 깨어나지 못하도록 수면주사를 팔에 놓는 것도 잊지 말고 말이야.

물론 나에게는 그냥 하룻밤 정도면 되긴 하지.

그녀와 함께 즐길 수 있는 하룻밤 말이야.

자아.

이제 준비해볼까.

나의 그녀를 위해서 멋진 식탁을 꾸며야지.

뭐 음식은 이미 다 준비되어있네.

난 이 꽃만 특별히 더 식탁에 올려놔야지.

나의 백합.

왠지 가슴이 다 떨리는군.

이날을 오랫동안 기다려왔는데.

이제 곧 그녀가 내려오겠지.

아니지.

기다리지 말고 그녀의 욕실로 가볼까.

향긋한 그녀의 살 냄새가 여기까지 풍기는군.

아무래도 식탁에 얌전히 앉아있을 수가 없군.

오해들 하지는 마.

난 원래 음탕한 놈은 아니야.

그래.

난 음탕한 놈은 아니지.

잠시 내가 이성을 잃을 뻔 했군.

그냥 식탁에서 그녀를 기다리자구.

막 목욕을 마치고 나온 그녀의 향긋한 비누냄새를

맡는 것만으로 만족하자고.

오늘밤만 지나면 그녀는 영원이 내 것이 될 텐데.

안달복달할 필요가 없지.

…….

왜 이렇게 안내려오지?

원래 여자들은 목욕을 이렇게 오래하나?

아무래도 안 되겠군.

　오늘밤만은 신사답게 저녁식사 데이트를 먼저 즐기려고

했는데 말이야.

그녀에게 가봐야겠어.

훗.
생각만 해도 떨리는 군.

나는 그녀가 있는 2층으로 올라갔다.
그런데 말이지……. 그곳에 그놈이 있었어.
그놈은 갑자기 나타났지.
그리고 나를 알아봤어.
어떻게 이럴 수 있지?
그 누구도 절대 나를 눈치 채지 못했는데.
그런데 이놈은 날 알아봤어.

빠아아악.
우드드득.
커컥.
내입에서 지금 커컥 소리나는 거 들려?

이야기가 싱겁게 끝났네.

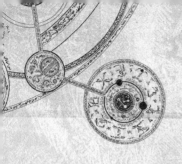

Return of the Meister

NEO MODERN FANTASY STORY

2. 부활에 필요한 것

2. 부활에 필요한 것

Return of the Meister

삐뽀삐뽀.

박미현의 집 앞에는 경찰차들이 몰려왔다.

진혁의 신고를 받아 출동한 것이었다.

그들은 곧 2층 바닥에 쓰러져 있는 학생을 체포했다.

그리고 박지현은 119구급차가 와서 병원에 데려 갔다.

박미현과 진혁은 함께 구급차에 동승했다.

"도대체 이게 다 어떻게 된 것인지."

박미현은 진혁의 얼굴을 쳐다보면서 물었다.

모든 것이 한순간에 일어났다.

아니, 박미현은 아무것도 몰랐다.

목욕을 마치고 나왔을 때 이미 상황은 끝났으니 말이었다.

"어제 지현 누나가 전화하셨어. 요즘 네가 골목길에서 미행당하고 있는 느낌이라고 했다고."

진혁은 차분하게 박미현에게 상황을 설명했다.

박지현에게 연락을 받은 진혁은 박미현이 집으로 돌아간 직후 바로 그녀를 따라가려고 했었다.

하지만 야구부 훈련이 생각처럼 바로 끝나지가 않았다. 야구부원들이 서로 자신을 봐주기를 원하고 계속해서 질문을 던졌기 때문이었다.

그래서 박지현에게 먼저 전화를 걸었다.

골목길 마중을 나가달라고 말이었다.

그리고 나서 진혁은 간신히 선수들을 달래고 서둘러 박미현의 집으로 향했다.

박미현이 미행당하고 있다는 느낌을 받았다면, 분명 골목길만으로 끝나지 않을 거라는 생각에서였다.

분명 집도 오랫동안 감시나 미행을 받고 있었으리라.

다만 못 느꼈을 뿐 일 것이라고 판단했다.

그렇게 진혁은 박미현의 집으로 향했다.

그리고 집 앞에서 부터 흘러나오는 공포와 어둠의 기운을 바로 알아챘다.

그래서 투명마법을 이용하여 집안으로 들어갔다.

처음엔 놈이 보이지도 않았다.

하지만 보이지 않아도 놈에게서 흘러나오는 공포와 어

둘의 기운 덕에 어디에 있는지 알 수가 있었다.

놈이 노리는 것은 게다가 박미현.

진혁은 서둘러 박미현이 있는 2층으로 올라갔다.

그리고 바로 놈의 기운이 몰아치는 곳을 향하여 공격을 했다.

다행히 그 공격은 정확하게 먹혔다.

상대는 아무도 자신을 못 볼 것이라고 생각해서 그런지 방심을 했기 때문이었다.

놈의 몸을 감싸고 있던 것은 악마의 기운이었다.

'어떻게 이게 지구에서 가능한 거지?'

게다가 더 어이없는 일이 있었다.

놈이 쓰러지자 정체가 드러났다.

진혁으로서는 어이가 없었다.

비쩍 마른 몸매에 두꺼운 뿔테 안경.

얼굴 군데군데 나있는 여드름 투성이의 평범한 고등학생이었다.

어디서나 흔히 볼 수 있는.

고작 고등학생이….

'도대체 어떤 놈들이 이런 학생에게까지 손을 뻗었단 말인가.'

진혁은 머리를 흔들었다.

절대로 혼자서는 어떤 일이든 저지르지 못할, 너무도 평범하고 소심해 보이는 학생이었기 때문이었다.

"우리 언니가 어떻게 애를 못 발견했지? 나도 그렇고 말이야."

박미현이 이상하다는 표정을 지으면서 생각에 잠긴 진혁에게 질문을 던졌다.

그 바람에 진혁은 상념에서 깨어나 박미현을 쳐다보았다.

어떻게 박미현에게 진실을 말할 수가 있겠는가.

진혁은 상황을 설명하면서 놈을 감싸고 있던 악마기운에 대해서는 언급을 하지 않았다.

물론 경찰진술도 마찬가지로 그렇게 말할 예정이었다.

일단 병원에 도착하면 경찰들도 곧 따라 오겠다고 했으니 말이었다.

진혁은 박미현에게 설명한 대로 경찰에게도 진술할 생각이었다.

박미현이 걱정돼서 집으로 갔는데 문이 열려있었고, 그래서 2층으로 황급히 올라갔다가 놈을 마주치고 제압했다고 말이다.

상황설명은 간단했다.

하지만 박미현의 의문은 거기서 끝나지 않았다.

'쉽지 않겠네.'

진혁은 박미현의 눈동자에 가득한 의문을 보면서 생각했다.

며칠 내내 골목길에서 녀석의 기척을 느낄 수 없었던 것도 설명이 가능하지 않았다.

뭐, 그것까지 진혁이 설명할 필요는 없겠지만 말이었다.

그것은 그 학생의 몫일뿐이라고 생각했다.

"어떻게 내가 한 번도 기척을 못 느꼈지?"

박미현은 고개를 저으면서 일부러 진혁이 들으라는 식으로 중얼거렸다.

언니인 박지현이 저런 말라깽이 남학생에게 한방에 제압당한 것도 이해가 가지 않았다.

그녀들의 아버지 박술남은 어렸을 때부터 딸들에게 태권도와 특공무술들을 가리키려고 했다.

하지만 박미현은 몸을 쓰는 쪽에는 흥미도 없었고 잘하지도 못했다.

100m달리기가 21초일 정도로 몸치였다.

미술, 음악, 공부 등 다른 분야는 화려하게 잘하는 박미현이었지만 체육쪽은 완전 꽝.

그런데 박지현은 오히려 몸을 단련시키는 것을 즐겼다.

아버지 박술남교수의 전공 따라 고대사를 연구하고 있지만 박지현은 고고학에도 매우 흥미가 있었다.

그래서 어렸을 때부터 고고학자로 세계유물을 탐험하겠다고 하면서 몸을 단련시키는데 게을리 하지 않았다.

당시 고대유물을 찾아 떠나는 고고학자의 활약상을 그리는 영화 같은 것이 매우 큰 인기가 있었던 것도 한몫 했다.

어쨌든 박지현이 쉽게 누구에게 한방에 제압될 사람은 아니었다.

박미현은 잠들어있는 박지현을 내려다보았다.

진혁은 침묵에 잠겼다.

지금 당장 박미현의 의문을 풀어줄 필요는 없다고 생각했다.

그보다 중요한 것은 따로 있었다.

진혁은 두 가지 의문에 사로 잡혔다.

하나는 악마기운에 관한 것이었다.

보통 모든 사람들 마음속에 선과 악이 존재한다.

그러나 이것은 그런 고리타분한, 원론적인 토론의 문제가 아니었다.

실체를 숨길 수 있는 강력한 악마기운 이란 게 지구에서 가능한 것일까?

판테온에서 조차 이것은 상당히 어려운 일이었다.

악마라는 존재는 자존심이 높은 존재였다.

그런 존재가 일개 인간들의 주술이나 유혹에 호락호락할 리가 없었다.

'카르카스라는 곳이 관련 된 걸까?'

진혁의 머릿속에는 갖은 의문에 꽉 차있었다.

아버지를 납치했던 카르카스라는 조직이 다시 발톱을 드러낸 것이라면 차라리 좋겠다고 생각했다.

그놈들의 흔적을 이번에는 놓치지 않고 잡아채리라 다짐했다.

하지만 만약 또 다른 조직이나 개인이 얽힌 것이라면.

상황은 점점 복잡해져갈 것이었다.

이 지구상에 어둠의 단체가 카르카스 하나뿐일까.

진혁이 이렇게 카르카스가 아닌 제 3의 단체 혹은 개인이 있을지 모른다고 의심하는 충분한 이유가 있었다.

박미현을 노리던 학생이 쓰러졌을 때, 진혁은 그 학생의 어깨에 있던 붉은 인장이 빠른 속도로 사라지는 것을 보았다.

아주 순식간이었다.

검붉은 연꽃 모양의 인장.

진혁은 그와 유사한 붉은인장을 판테온에서도 보았다.

벨롭트라는 악마를 상징하는 인장이었다.

상급악마 벨롭트.

판테온에서 아주 드물게 하급악마가 자의적으로 대륙에 나타나는 경우가 있다.

차라리 흑마법사가 소환해서 오는 경우가 훨씬 이들을 다시 마계로 돌려보내는 것이 쉽다.

그들이 자의적으로 이곳에 넘어왔을 때는 흑마법이든 백마법이든 상관없이 대륙 전체에 아주 심각한 타격을 입히곤 했다.

인장은 바로 악마가 자의적으로 이곳에 드러낼 때 자신의 심복들에게 찍는다.

그런데 하급악마도 아니고 상급악마 벨롭트의 인장이 나타났다.

그것도 마법이 당연한 세계인 판테온도 아닌 지구에서 말이다.

그렇다고 붉은인장이 반드시 악마가 자의적으로 넘어왔을 때만 나타나는 것은 아니다.

변수가 또 여러 개가 있었다.

어쨌거나 이 상황은 굳이 흑마법사가 아니어도 이런 일이 벌어질 수 있다는 게 문제였다.

변수가 너무 많았다.

'속단하지 말고 침착하자.'

진혁은 양손을 꽉 쥐었다.

최근 겪은 일련의 사건들이 쉬지 않고 계속해서 터지는 느낌이었다.

한시도 방심하면 안 되었다.

'아무래도 발을 더 넓혀야겠군.'

진혁이 그렇게 결심하는 사이에 119구급차는 병원에

도착했다.

진혁과 박미현은 구급요원들이 박지현을 옮기는 것을 지켜보았다.

"금방 일어날 수 있을 거야."

진혁이 박미현의 어깨를 한 팔로 감싸 쥐었다.

물론 그녀의 몸에 마나를 흘리는 것을 잊지 않고 말이었다.

그 덕에 박미현의 몸은 금방 기운을 되찾았다.

'신기하네. 얘가 팔을 둘렀을 뿐인데 이렇게 안심이 되고 불안감이 가라앉다니.'

박미현은 고개를 갸우뚱했다.

애써 누르려고 해도 눌러지지 않았던 불안과 초조함이 단숨에 사라졌기 때문이었다.

그녀가 생각하기엔 진혁은 정말 남다르다.

그 남다른 점이 무엇인지 모르겠다.

그 남다른 점이 지금의 그를 만들어주고 있을 것이었다. 그런 만큼 절대로 쉽게 진혁이 말할 것 같지는 않았다.

"진혁아, 언젠간 나한테 꼭 설명해줘. 기다릴게."

박미현은 진혁에게 머리를 기대면서 나지막하게 속삭였다.

"……."

진혁은 박미현의 말에 순간 얼어붙은 기분이 들었다.

'여자들은 정말이지 예리하군.'

진혁은 그 순간 이지혜를 떠올렸다.

진혁이 뭔가 남다르다는 것을 이미 지혜는 알아채고 있었다. 다만 묻지 않을 뿐.

아무래도 저번에 야구장에서 갑자기 진혁이 등장했었던 일이 그녀의 의심을 산 것 같았다.

박미현도 이번 일 때문에 확실히 느끼는 것 같았다.

'미안하다.'

진혁은 박미현의 어깨에 두른 팔에 더욱 강하게 힘을 주었다.

❖

신의 기둥이라고 불리우는 성전 수영장.

희미한 달빛아래 한 여인이 수영을 하고 있었다.

눈부시게 새하얀 그녀의 알몸은 그 누가 봐도 탄성을 지를 만큼 완벽했다.

풍만한 가슴과 잘록한 허리, 그리고 허리를 넘기는 물결치는 금발머리.

달빛 아래 살짝 살짝 드러나는 그녀의 조막만한 얼굴은 또한 탄성을 저절로 내지를 만큼 너무도 아름다웠다.

특히, 바이올렛색깔의 눈동자는 보는 이들의 정신을 쏙

빼놓을 만큼 신비롭고 강렬하기까지 했다.

저벅저벅.

경호원인듯한 사내가 커다란 타올을 들고 나타났다.

그는 여인의 반대편 쪽에 서서 묵묵하게 서있었다.

푸아하.

첨벙.

그녀는 경호원을 힐끔 쳐다보고는 아쉬운 듯 물속에 잠시 머물렀다.

경호원은 미동도 안고 그대로 서있었다.

"호호호호."

쥬아나는 그런 경호원을 힐끔 보고는 갑자기 웃음을 터트렸다.

"……."

경호원은 여전히 미동도 않고 타올을 든 채로 서있었다.

푸하.

첨벙첨벙.

쥬아나는 수영장에서 거칠게 물살을 가르며 경호원이 있는 쪽으로 수영을 했다.

츄으르르.

그녀는 수영장에 설치된 계단난간을 잡고 천천히 몸을 일으켰다.

그 순간 구름 속에 가리워졌던 달이 살포시 고개를 내밀었다.

그 덕에 그녀의 나체가 그대로 드러났다.

달빛을 받은 그녀의 몸은 더욱 백옥처럼 빛났다.

순간 경호원의 눈동자가 급격하게 흔들렸다.

조금 전까지 참았던 욕망이 순식간에 거센파도처럼 밀려오는 것이 느껴졌다.

그의 아랫도리가 부풀어 올랐다.

"호호호호호."

쥬아나가 경호원의 변화를 눈치 채고는 기분 좋게 웃어 제꼈다.

그녀의 외모에 전혀 어울리지 않는 웃음이었다.

마치 악녀의 웃음.

그것과 같았다.

쥬아나는 나체 그대로 경호원에게 걸어갔다.

마치 유혹하는 것처럼 말이었다.

꿀꺽.

경호원은 자신도 모르게 침을 삼켰다.

애초에 이것은 규율 위반이었다.

신의 기둥 안에서는 절대 어떤 감정에도 휘둘려서는 안 된다는 지침을 단단히 받았기 때문이었다.

하지만 쥬아나의 눈부신 나체 앞에서 그도 인간인지라

그만 평정심을 놓치고 말았다.

너무도 아름다웠다.

그녀의 이름이 왜 쥬아나인지 이해가 되었다.

신의 이득. 쥬아나.

그녀를 손에 넣을 수만 있다면 어쩌면 그 자신이 신과 같게 될지도 모르겠다는 생각이 들었다.

쥬아나는 경호원의 손에 들린 타월을 받아 쥐었다.

그리고는 그것으로 몸을 감쌌다.

순간 경호원의 표정에서 실망과 민망한 표정이 교차되었다.

일개 경호원의 신분으로 내심 기대를 했던 자신에 대한 민망함이었다.

쥬아나는 그런 경호원을 부드러운 미소로 쳐다보았다.

그리고는 점점 경호원의 얼굴 가까이 자신의 얼굴을 갖다 대었다.

훅.

뜨거운 열기가 경호원의 얼굴에 느껴졌다.

쥬아나는 경호원의 양복 옷섶 사이로 자신의 손을 집어넣었다.

경호원은 그녀의 과감한 행동에 얼어붙은 듯이 서있었다.

쥬아나의 얼굴은 더욱 고혹적이고 뇌쇄적이었다.

경호원은 그녀의 얼굴을 쳐다보는 것만으로도 온몸에서 미칠 것 같은 열망이 타올랐다.

쥬아나의 손길은 더욱 거침이 없어졌다.

과감하게 경호원의 탄탄한 가슴을 어루만지더니 이내 그 방향을 아래로 틀기 시작했다.

"뭐해?"

쥬아나가 경호원의 귀에 대고 속삭였다.

그것이 신호였다.

경호원은 이성을 잃고 쥬아나를 확 끌어당겼다.

주르르륵.

쥬아나의 다른 손에 들려있던 타월이 바닥에 떨어졌다.

경호원은 쥬아나를 번쩍 안고는 조심스럽게 바닥에 눕혔다.

'내가 이래도 되나?'

경호원은 순간 잠시 망설였다.

하지만 그의 목을 감싸고 있는 쥬아나의 손을 거부할 수는 없었다.

살아생전 이런 기회가 또 어디에 있겠는가.

이렇게 고귀하고 아름다운 여인을 취할 수 있는 기회를 말이다.

그는 폭발하고 있는 몸의 본능에 따라서 움직였다.

이윽고 경호원과 쥬아나는 한 몸이 되어 달빛아래서 거

칠게 몸을 움직이기 시작했다.

으으윽.

후우와.

헉헉.

신의 기둥이라 불리는 신전 안에는 두 사람의 신음소리
만이 가득 찼다.

으으으으악!

어느 순간 경호원의 비명소리가 처절하게 울렸다.

"후와."

쥬아나는 거칠게 경호원의 몸을 옆으로 밀고는 기지개
를 폈다.

경호원의 몸은 이미 말라비틀어질 대로 비틀어져있었
다.

그녀에게 생기를 전부 빼앗겼기 때문이었다.

경호원의 얼굴은 이미 해골처럼 변해 있었다.

그의 눈에서는 믿기지 않는다는 듯한 표정이 서렸다.

반면 그녀의 몸은 어둠속에서도 더욱 빛나고 있었다.

"쳇."

쥬아나는 오히려 불만족스런 표정으로 말라비틀어진 경
호원을 경멸하듯이 쳐다보았다.

"왜……?"

경호원은 간신히 그 한마디를 내뱉고는 숨을 거뒀다.

그의 눈은 여전히 떠있는 채로 말이었다.

자신의 죽음을 받아들일 수 없는 채로 말이었다.

"왜긴? 네놈이 규율을 어긴 거지."

쥬아나는 피식 웃으면서 이미 죽은 경호원의 시신에 대고 말했다.

"흠, 죽은 자에게 너무 하군."

어디선가 사내의 목소리가 울려왔다.

쥬아나는 본능적으로 주변을 돌아보았다.

그렇다고 해서 그녀가 놀라는 기색은 없었다.

"언제부터 구경꾼으로 전락한 거지?"

쥬아나는 놀리듯이 말했다.

"이것으로 42명 째이군."

사내는 모습을 드러내면서 쥬아나를 향해서 말했다.

그녀의 놀림은 무시한 채 말이었다.

"잘 아네."

쥬아나는 별거 아니란 식으로 말했다.

여전히 그녀의 몸은 나체 상태였다.

좀 전보다 몸이 더욱 밝아진 것을 빼면 말이었다.

"더 줄까?"

사내가 조롱어린 투로 말했다.

"흥, 니 놈 꺼는 흥미 없어."

쥬아나는 냉소적으로 말하면서 몸을 일으켜 세웠다.

그녀는 나체임에도 사내 앞에서 전혀 부끄러운 기색이 없었다.

오히려 도발하는 쪽에 가까웠다.

말과는 다르게 말이다.

"일은 어떻게 됐지?"

쥬아나는 사내를 보면서 물었다.

"어린놈은 어린놈이더군."

사내가 애써 아무렇지도 않은 척 대답했다.

"뭐 그렇지. 어차피 너에게 그분이 기대한 것은 아니잖아."

쥬아나는 미소를 지면서 말했다.

그녀의 얼굴엔 승리에 찬 표정이 떠올랐다.

"넌 한 놈만 더 있으면 되겠군."

사내가 말했다.

그렇게 말하는 사내의 입가에는 쓴 미소가 감돌았다.

"아무래도 이번일은 내가 앞서가겠는데."

쥬아나가 의기양양한 표정을 지었다.

"제길."

사내의 표정은 썩어문드러졌다.

하지만 그렇다고 해서 사내는 쥬아나를 방해할 생각이 전혀 없었다.

그것을 불러내는 것은 시작에 불과하다.

물론 자신이 계획한 일로 그것을 불러낼 수만 있다면 더욱 좋은 일이었다.

하지만 그렇다고 사내는 바보는 아니었다.

이런 쓸데없는 경쟁심으로 거사를 망치고 싶지는 않았다.

오히려 쥬아나 덕에 그것을 불러낼 수만 있다면 그 다음 기회는 자신에게 돌아올 테니깐 말이었다.

"시간 끌 필요 있어?"

사내가 비릿한 웃음을 지면서 말했다.

"네 자신을 바치겠다고?"

쥬아나가 살짝 놀란 듯이 사내를 보았다.

"내가 오늘밤 왜 이곳에 왔겠어."

사내는 그렇게 말하면서 자신의 옷을 풀어 헤치기 시작했다.

"흠, 자발적인 건 아닌 것 같은데."

쥬아나는 사내의 행동을 관찰하면서 말했다.

좀 전 경호원을 유혹할 때와는 완전히 다른 태도였다.

"자발적이든 뭐든 끝내자고."

사내는 알몸이 된 채로 두 팔을 벌렸다.

"……."

쥬아나는 팔짱을 끼고 그런 사내를 노려보았다.

분명 속셈이 있을 거라고 생각하는 눈치였다.

"뭐해? 오해는 마. 네 말대로 그분이 시켰다. 어차피 내일 밤이든 오늘 밤이든 끝낼 일이니깐."

사내는 무덤덤하게 말했다.

"진작 그렇게 털어놓아야지."

사내의 말을 들은 쥬아나의 얼굴에서 미소가 피어올랐다.

차갑게 식어있던 그녀의 몸이 어느새 열정으로 가득차기 시작했다.

그녀는 사내의 앞에 무릎을 꿇었다.

사내는 거칠게 쥬아나의 머리를 움켜쥐었다.

으으으으흐흐.

다시 한번 신의 기둥은 두 남녀의 교성소리가 한참이나 울려 퍼졌다.

❖

'내가 왜 이곳에 있냐고!'

진혁은 스스로 자신을 원망했다.

지금 그는 과천에 한국안센제약회사가 운영하는 연구소에 와있었다.

물론 그 자발적으로 이곳에 왔다.

이곳에서 그는 다른 참가자들과 마찬가지로 여러 가지 실험에 참여하고 있었다.

진혁 외에 다른 참가자들 역시 전부 청소년들이었다.

이들은 진혁과 마찬가지로 정신병원에서 우울증이나 기타 정신병으로 치료를 받고 있었다.

정신병원측의 추천으로, 혹은 부모의 권유로 대부분 연구소에 와있었다.

연구소가 진행하는 실험에 참가하기 위해서 말이었다.

이 실험이라는 게 별게 없었다.

키를 잰다던지, 몸무게를 재는 등의 간단한 신체검사와 피검사.

그리고 상담시간이었다.

1대1 상담과 그룹 상담을 한다고 했다.

바로 그의 눈앞에 있는, 40대쯤으로 보이는 이 여자와 함께 말이었다.

이것은 매우 중요한 상담이라고 했다.

진혁은 상담사에게 1대1 상담을 받고 있었다.

이 상담의 결과로 계속해서 이곳에 머물 건지, 아닌지를 결정하기 때문이었다.

"진혁 군은 스트레스를 상당히 받고 있네."

상담사는 차트를 들여 다 보고는 진혁을 향해서 말했다.

그녀는 진혁이 처한 상황을 이해한다는 듯이 고개를 끄덕였다.

"……."

진혁은 그의 전담상담사라는 여자의 말에 그저 묵묵히 고개를 끄덕이고는 말았다.

"말 안 해도 괜찮아."

상담사는 부드러운 눈길로 진혁을 바라보면서 계속 말했다.

"의외로 너 같은 학생들이 많단다."

"힘듭니다."

진혁이 무겁게 입을 뗐다.

"이해한다. 남들보다 특별하고 잘났다는 것이 얼마나 중압감이 있는지 말이야."

끄덕끄덕.

진혁은 상담사의 말에 고개를 끄덕였다.

상담사는 진혁이 반응을 보이자 신나서 계속 이야기를 했다.

"보통 사람들은 너같이 잘난 사람들을 내버려두지 않지. 계속 잘하기를 기대하면서 또한 시샘을 하지."

"휴우."

진혁은 한숨을 깊이 쉬었다.

"며칠째 못 잤다고 했지?"

상담사가 차트를 다시 한 번 힐끔 보고는 진혁에게 물었다.

그녀가 몰라서 질문을 한 것은 아니다.

피상담자와 대화를 이어나가기 위한 방식이었다.

"일주일 된 것 같습니다. 수면제가 아니면……."

"저런, 수면제는 좋지 못해. 너같이 한창 자랄 청소년에게는 독약이지."

상담사는 손을 뻗어 진혁의 어깨를 부드럽게 만졌다.

'으음?'

진혁은 상담사의 손길이 고의적이란 생각을 지울 수가 없었다.

마치 뭔가 간을 보는듯한 기분이었다.

"이곳에는 어떻게 왔지?"

상담사의 눈빛이 예리해졌다.

너무도 뻔한 질문이었다.

상담사는 대화중에도 반복적으로 진혁을 테스트하는 것처럼 질문을 이런 식으로 던지곤 했다.

"다니던 정신병원에서 추천하셨습니다."

진혁은 또박또박 말했다.

"음, 진혁군은 항상 긴장을 한 채로 말하는구나. 너같이 똑똑한 학생들에게서 보이는 전형적인 증상이란다. 사람들 앞에서는 항상 강한 모습을 보이려고 하지. 나한테는 괜찮단다. 너의 본모습을 보여도."

상담사는 밝은 미소를 띠면서 진혁을 이해한다는 듯이 말했다.

"잘 안 됩니다."

진혁이 딱 잘라 말했다.

"그렇겠지. 너 같은 타입들은 오히려 사람들에게 마음을 열기가 더 쉽지 않지. 다 이해해. 이곳에 며칠 머물면서 마음의 문을 여는 방법을 함께 연구하자구나."

상담사는 그렇게 말하고는 차트에 무언가 필기를 했다. 그 모습을 지켜보면서 진혁은 내심 안심을 했다.

'일단 첫 번째 관문은 통과한 건가.'

진혁과 함께 연구소에 참가한 대부분의 학생들이 거의 1대1상담에서 탈락했다.

50여 명 정도의 참가자들 중 연구소에 남은 학생이 5명밖에 안되었다.

그 뒤로 그룹상담에서는 딱히 탈락자가 없었다.

그룹상담은 남은 학생들 사이에서 자신을 소개하는 시간 정도였다.

그다지 별게 없었다.

그렇게 첫째 날은 지나갔다.

'휴우, 아직도 이틀이나 더 남았군.'

진혁은 연구소에서 마련한 숙소에 들어섰다.

정말이지 진절머리가 날 정도로 별 다른 게 없는 하루였다.

하루 종일 별거 아닌 것을 쫓아서 기다렸다가 상담하고, 기다렸다가 측정을 하는…….

즉, 기다림의 연속이었다.

일단, 이곳에 잔류했다는 것만으로 첫째 날의 큰 소득이라고 진혁은 자신을 위로 했다.

'내일부터 뭔가 나오겠지.'

진혁은 숙소를 훑어보면서 생각했다.

그가 묵는 숙소에는 진혁 외에도 4명이 더 있었다.

물론 진혁과 같은 나이인 17살들이었다.

정말이지 우연이라고 치부할 수가 없었다.

이곳에 온 50여 명의 청소년들 중 잔류한 5명의 학생이 전부 17세라니.

물론 이들의 공통점은 우울증을 앓고 있는 학생들이라는 점이었다. 대인관계가 진혁처럼 너무 지나친 학생이거나 아주 소급적인 학생이거나 둘 중 하나였다.

그렇지만 나이까지 그렇다는 건 의도적으로 선발대상이 정해져 있다는 것을 알 수가 있었다.

'확실히 이곳에 뭔가 있어.'

진혁은 박미현의 사건을 통해 이곳에 대해서 알게 되었다.

박미현을 스토킹하고 침입했던 학생, 이재환이 오래전부터 우울증 치료를 위해서 병원에 다녔던 사실을 알아냈다.

그리고 병원 측의 권유로 이 연구소에서 실험을 받았단 것도 말이었다.

'어떻게 경찰에서는 아무것도 못 알아낼 수가 있지?'

경찰이 작성한 조사보고서에는 연구소와 이재환의 이상 행동 사이에 연관성이 없는 것으로 적혀 있었다.

하지만 진혁이 보기엔 이곳, 연구소가 너무도 의심스러웠다.

이 연구소에서는 우울증을 극심하게 앓는 이들을 위해 치료를 위한 시약을 개발 중이었다.

실험자를 모집하기 위해서 가장 호르몬의 분비가 왕성한 청소년들에게 우선적으로 시약을 제공한다는 사실을 몇 개의 정신병원측에 알려 놓았다.

정신병원측은 자신들의 환자들 중 가장 예후가 심한 환자들에게 연구소의 실험에 참가할 것을 권했다.

환자들이나 환자들 보호자들 입장에서도 정신병원에 오래 머물거나 오랜 기간 치료를 받는 것보다는 이런 시약으로 일시적이라도 나아질 수 있다는 희망이 생긴다.

그들이 지원하는 것은 지극히 당연했다.

만약 진혁이 그 입장이라도 시약연구에 참가했을 것이었다.

그만큼 환자들에게는 절박했으니깐 말이었다.

'흠. 감시카메라가 있군.'

진혁은 방뿐만 아니라 화장실에도 감시카메라가 몰래 설치되어 있는 것을 보고 놀랐다.

분명 이유가 있을 게다.

'다른 학생들 방도 이럴까?'

진혁은 잠시 감시카메라가 비쳐지지 않는 사각지대를 찾아서 일루전마법을 시현해 또 다른 자신을 만들어냈다.

일단은 가짜 진혁은 잠에 든 것처럼 보이게 말이었다.

그리고 나서 진혁은 투명마법을 시현했다.

이곳을 본격적으로 살펴보기 위해서였다.

일단 다른 학생들 방부터 살펴보았다.

다행히라면 다행으로 다른 학생들 방도 똑같이 감시카메라가 설치되어 있었다.

그 얘긴, 진혁만을 의심한다는 것은 아니라는 것이었다. 또한 마법사라는 것을 알지 못한다는 뜻이기도 했다.

그렇다면 이곳에 실험을 참가하러온 모든 사람들을 감시한다는 것이었다.

'무얼 연구하고 싶은 걸까?'

오늘 하루 종일 그들이 한 일이라곤 신체검사와 인터뷰밖에 없었다.

뭐 이것을 토대로 내일 시약을 준다고 하니 내일이 돼봐야 더 자세히 알 수 있을 것이었다.

'투약 후 이상행동을 관찰하기 위한 감시카메라 아닐까?'

진혁은 그렇게 생각했다.

박미현을 미행하던 이재환의 이상행동을 생각한다면 충분히 그럴 수 있었다.

아쉽게도 이재환은 부분기억상실증에 걸렸다.

진혁의 아버지처럼 말이었다.

딱 진혁이 알고자 하는 기간의 기억만 사라지고 없었다.

진혁은 그들이 머무르는 숙소가 있는 연구소 5층의 비상계단을 통해서 조심스럽게 아래로 내려갔다.

물론 투명마법과 통과마법을 이용하여 계단에 있는 문들을 통과했다.

아직까지는 마나도 충분하고 4서클 정도의 마법이면 충분했다.

'더 이상 돌발 상황만 없다면 말이지.'

진혁은 생각했다.

요즘 겪은 일들을 보자면 앞으로 어떤 일이 일어나도 놀랄 것이 없었다.

절대로 방심해서는 안 되었다.

그가 연구소의 2층에 다다랐을 때였다.

진혁은 계단에 서서 2층으로 향하는 문을 열지 못하고
있었다.

이 문 너머에 무언가 있다.

'역시.'

진혁은 무덤덤하게 고개를 끄덕였다.

그는 재빠르게 2층 문 너머를 투시해보았다.

역시 그의 예상대로 이곳은 단순한 제약회사의 연구소
가 아니었다.

통로 양쪽에는 경비원들이 머무는 데스크가 있었다.

제약회사의 연구소 인만큼 그런 보안은 당연했다.

문제는 2층 벽면과 천장 전체에 나있는 희미한 붉은줄
이었다.

이 붉은줄은 엉키고 설키어 빠져나갈 수 없는 그물망처
럼 엮여 있었다.

문제는 이 붉은줄이 적외선 감시 장치가 아니라는 것이
었다.

이것은 저 통로에 보초를 서고 있는 경비원들의 눈에도
보이지 않을 것이었다.

마법을 아는 자만이 펼칠 수 있는 마법진의 일종이었다.

시큐리티 마법진.

즉, 보안 마법진이었다.

이 붉은줄이 시작되고 있는 207호실 문 앞에 새겨져 있는 붉은눈.

그 붉은눈에서 모든 상황을 통제하고 있을 것이었다.

그것도 실시간으로 말이었다.

이 마법진을 펼친 자에게 이곳에 조금이라도 이상이 있으면 자동으로 전달하게 돼있었다.

'이거 곤란하게 됐네.'

진혁은 아랫입술을 깨물었다.

게다가 이 마법진은 강력하기 까지 했다.

일반적인 감시뿐 아니라 진혁이 펼치는 마법까지도 감지할 만큼 말이었다.

'상당히 치밀하군.'

진혁은 생각에 잠겼다.

'이렇게 되면 일단 지켜봐야 한다는 건데.'

진혁은 섣불리 행동에 나서서 이들의 꼬리를 놓치지 않도록 조심해야 했다.

오늘은 겨우 첫째날에 불과하다.

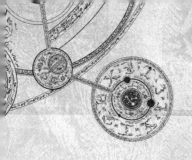

Return of the Meister

NEO MODERN FANTASY STORY

3. 비밀

3. 비밀

Return of the Meister

진혁이 연구소에 침투하기 며칠 전.

진혁은 사장실에 박정원을 불렀다.

안기부에 나온 이후로 박정원은 진혁의 회사에 입사를 했다. 진혁이 공을 들여 박정원을 입사시키기 위해서 많은 애를 쓴 덕분이었다.

여러 가지 사건들이 생기면서 진혁은 아무래도 자신의 사람이 절실하게 필요함을 느꼈다.

그리고 박정원이 제일 첫 번째로 진혁의 머릿속에 떠올랐다.

"부르셨습니까?"

박정원이 활기찬 모습으로 사장실에 들어왔다.

"큰 곳에 계시다가 이렇게 작은 곳에 모시게 되어서 죄송스럽습니다."

진혁이 박정원을 맞이하면서 먼저 운을 뗐다.

"아닙니다. 마음이 편하고 좋습니다. 하하하."

박정원은 손을 내저으면서 웃었다.

그는 진혁이 이끄는 이 회사가 정말 마음에 들었다. 모든 사람들이 청소부아줌마부터 시작해서 최고 오너인 진혁까지 한 가족처럼 살가웠다.

굳이 누군가에게 자신의 표정이나 진심을 들키지 않으려고 애를 쓸 필요가 없는 곳이었다.

안기부라는 특수성 때문에 오랫동안 자신의 감정을 숨기면서 살아온 박정원에게는 정말이지 놀라운 곳이었다.

그렇다고 자신을 드러내려고 애를 쓸 필요도 없었다. 다른 이들이 먼저 다가와주고, 그리고 너무 지나치게 간섭하지도 않으니깐 말이었다.

진혁이 전 직원들에게 인성교육이라든지, 리더쉽 교육 같은 것을 아끼지 않고 하는 이유를 이해할 수가 있었다. 중앙개발투자회사에 몸담고 있는 한사람, 한사람이 전부 리더 의식을 지니고 있었다.

"이곳은 정말이지 놀라운 곳이더군요."

박정원은 연신 미소를 띠면서 말했다.

"좋게 봐주셔서 감사합니다."

"조만간 허락해주신다면 수하들도 데리고 오고 싶습니다."

박정원은 말과는 다르게 간절한 눈빛을 띠고 있었다. 그는 진심으로 자신과 함께 했던 안기부 요원들을 데리고 오고 싶어 했다.

다만, 그러려면 진혁이 충분한 재정적인 지원이 가능해야 했다.

명색이 대한민국 최고의 부서라는 자부심이 안기부 요원들에게는 있었기 때문이었다.

"오히려 제 쪽에서 감사드려야겠습니다."

진혁이 반색하면서 말했다.

안 그래도 박정원을 이곳에 데려왔을 때는 이유가 있어 데려온 것이었다.

안기부에 잔뼈가 굵은 박정원인데 전혀 다른, 엉뚱한 업무를 맡길 리는 만무였다.

그가 잘하는 일.

물론 대북수사 어쩌고 저쩌고가 아니었다.

중앙개발투자회사의 업무분야중 개발부분에 관한 것이었다. 진혁은 장기적으로 개발부분에 유전, 광석 등 사업규모가 꽤 굵직하고 어려운 분야를 생각하고 있었다.

지금이야 겨우 폐광 몇 개를 관리하는 차원에 머물고 있는 개발 부분이었다.

하지만 이 부분을 본격적으로 시작하고 싶었다.

지금부터 준비해서 시작해야 앞으로 5년, 10년 뒤를 볼 수 있는 분야라고 생각하고 있었다.

지금이야 투자하고 있는 벤처사업부분이 열풍으로 성공의 가도를 달리고 있다고는 하지만 그것은 몇 년 내로 거품이 꺼질 분야였다.

그렇다고 단순히 이득만 취하고 벤처사업분야를 버릴 생각은 아니었다.

진작 그럴려고 마음 먹었다면 매일같이 투자한 벤처회사들을 득달같이 달달볶으면서 회계감사나 업무감시를 하고 있지는 않았을 것이었다.

어쨌거나 모든 사업은 중, 장, 단기적인 분산을 해야 했다.

그런 부문에서 당장의 수익은 나지 않더라도 장기적인 개발부분인 유전, 광석 등은 매우 중요했다.

우리나라 뿐 아니라 세계로 뻗어나갈 수 있는 그런 분야이기도 했다.

또한 그 의미는 진혁이 세계의 곳곳에 실권을 잡고 있는 자들이나 정확한 정보를 얻어내야 한다는 것을 의미했다.

그런 면에서 박정원의 도움은 매우 절실했다.

"제 수하들까지 품어주신다고 하시니 진심으로 감사드립니다."

박정원은 진혁의 눈을 응시하면서 말했다.

"아닙니다. 이미 파악하셨겠지만 개발부분은 박 이사님의 도움이 매우 절실합니다. 조만간 모든 사업부문은 독자적인 회사로 분리할 겁니다."

진혁은 박정원을 박 이사라고 불렀다.

회사에 스카웃 해오면서 박정원에게 이사직을 주었기 때문이었다.

그리고 조만간 그것도 더 진급시킬 작정이었다.

박정원이 도맡아서 자신을 도울 일이 있었기 때문이었다.

"네이비처럼요?"

박정원이 살짝 놀란 듯이 물었다.

아직 회사 규모상 네이비는 예외로 친다고 하더라도 여러사업부분을 자회사 설립하는 것은 작다고 여겼기 때문이었다.

"이미 입사하시기 전 백 이사님과는 이야기가 다 된 부분입니다. 투자부문은 백군상 이사님이, 개발부문은 박정원 이사님이 맡아주셔야 합니다. 잘 부탁드리겠습니다."

"……."

박정원은 어안이 벙벙해졌다.

이제 막 입사한 사람에게 지금 진혁이 자회사의 사장직을 맡기고 있었기 때문이었다.

"이렇게 까지 빨리 진행하시는 이유가 무엇인지 알 수 있습니까?"

박정원이 조심스럽게 물었다.

안기부에 있을 때의 그와는 진혁을 대하는 태도가 사뭇 달랐다.

사실 박정원은 중앙개발투자회사에 입사한 첫날부터 진혁에 대해서 알면 알수록 놀라움의 연속이라는 것을 깨달았다.

단순히 진혁이 아버지 최한필 교수를 구하겠다고 좌충우돌하는 아이가 아니라는 것을 알았기 때문이었다.

그동안 벌어진 사건 속에서 얼마간은 진혁이 우연으로 엮인 사건이 많다고 생각했다.

일부는 의심스러운 부분도 있고 말이었다.

게다가 박정원은 최한필 교수를 성공적으로 데려온 것에도 너무 많은 운이 따랐다는 것을 깨달았다.

카르카스라는 곳이 가지고 있는 힘과 권력, 재력이 어느 정도인지는 모르지만 안기부의 요원으로서 한 번도 이름을 들어본 적이 없던 곳이다.

북한을 움직이고 미국령인 푸에르토리코에서 버젓하게 납치한 사람을 자신들의 연구에 부릴 수 있을 만큼 배짱이 큰 조직이 바로 카르카스다.

그런 카르카스의 뒷배는 상상이 넘을 것이라고 박정원은 생각하고 있었다.

그런 곳을 상대로 최한필 교수를 너무도 쉽게 빼왔다.

단순히 운이 좋아서 작전이 성공할 확률이 얼마나 있을까?

박정원은 중앙개발투자회사에 입사한 이후, 늘 그 생각을 해왔다.

진혁을 보면서 말이었다.

회사 안에서 보는 진혁은 정말이지 상상하기조차 어려울 만큼 남들보다 앞서가고 있었다.

그리고 그가 예측하고 행동하는 일들은 정확하게 맞아떨어지고 있었다.

백군상이 그동안 일어났던 일들을 박정원에게 넌지시 알려주었다.

물론 박정원이 백군상이 입을 열도록 갖은 회유책을 썼지만 말이었다.

사실 백군상이 입을 연 것은 의도적이었다.

박정원을 확실히 진혁의 사람으로 만들기 위해서였다.

박정원은 지금 보고 있는 진혁의 행동을 미루어 보아, 과거 진혁이 벌였던 혹은 관계된 사건들이 절대로 우연이란 있을 수 없다는 것을 깨달았다.

그리고 운이 좋았다 라는 것 역시 철저히 진혁의 계산된 행동으로 나온 일이라는 것을 말이었다.

그렇다면 진혁은 어떤 존재인가.

짐작이 가지 않았다.

아니 상상조차 말이었다.

박정원은 진혁이 이렇게 단독으로 자신을 부른 데에는 이유가 있을 거라고 생각했다.

자신의 궁금증을 그가 풀어줄 것이라는 기대감도 있었다.

"저에게 많은 부분이 궁금하리라는 것은 잘 알고 있습니다."

진혁이 빙그레 웃었다.

"사실 카르카스라는 조직에서 최한필 교수를 빼 온 것에 대해서 요 근래 많은 생각이 들고 있습니다."

박정원은 그의 머릿속에 맴돌고 있는 일을 실토했다.

그 속에는 아무래도 진혁의 대답을 들어야만 하겠다는 의지가 담겨 있었다.

"무엇이 궁금합니까?"

진혁이 호기심 어린 눈빛을 띠면서 물었다.

"카르카스라는 조직은 알려지지 않은 곳입니다. 하지만 그 조직의 힘이 얼마나 큰지는 상상조차 되지 않을 만큼 대단합니다. 저희가 작전을 잘 수행해서 그곳에서 최한필 교수를 빼내어 온 것이 아니라는 생각 말입니다."

"그러면요?"

진혁이 박정원의 속사포처럼 늘어놓는 말에 질문을 했다.

"보이지 않는 도움의 손이 있지 않았나 싶습니다. 그렇지 않고서는 저나 수하들은 그날 전멸하고 말았을 겁니다."

박정원은 딱 잘라 말했다.

"……."

진혁은 잠시 침묵을 했다.

박정원을 애초에 중앙개발투자회사에 스카웃 했을 때부터 고민하던 일이었다.

안기부에 몸담고 있는 박정원이 보는 자신과 이 회사에 몸담으면서 보는 자신의 모습 사이에는 괴리감이 클것이었다.

박정원처럼 예리한 사람이 절대로 그런 부분을 간과할 리도 없었다.

그리고 안기부에 있을 때 진혁과 관련해서 일어난 사건들 중 다소 이해가 안 갔던 부분들 역시 박정원이 놓치지 않고 의문을 품을 수 있기 때문이었다.

'올 것이 왔군.'

진혁은 속으로 생각했다.

박정원을 진심으로 진혁의 사람으로 만들기 위해서는 반드시 진실을 알려야 했다.

진혁은 잠시 망설였다.

이미 각오는 하고 있었지만 막상 실토를 하려고 하니 마음이 답답했다.

행여나 박정원에게서 진혁이 기대하지 않는 반응이 나온다면 어떻게 될까?

하지만 박정원은 진혁에게 반드시 필요한 사람이었다.

진혁은 사실 개발부문에서 유전, 광석 등을 계획하고 있기는 했지만 그보다 더 미스테리한 부분을 감추고 있었다.

바로 엘로힘에 감추어진 힘 때문이었다.

판테온에는 고대로부터 내려온 던전 들이 많았다. 그 던전 들을 찾아 헤매는 던전 사냥꾼들뿐 아니라 검을 휘두루 줄 아는 자들이라면 누구나 던전을 찾기 위해서 기꺼이 목숨을 내놓는 것을 아까워하지 않았다.

특히 고대 던전에는 고대의 유물들이 각종 비밀병기들과 함께 감추어져 있었다.

진혁은 엘로힘을 방문함으로써 판테온에 왜 그리 많은 던전 들이 있는지 이해를 했다.

그리고 고대 던전에 감추어져 있는 고대 유물들의 힘에 관해서도 깨달았다.

그렇다면 지구는?

엘로힘은 판테온과 지구로 분리되었다.

비록 지구는 기계문명 쪽으로 갈라져 나왔지만 그래도 엘로힘의 힘을 이어받고 있었다.

그 증거로 엘로힘으로 통하는 길이 석굴암 쪽에 있지 않았던가.

그리고 박술남 교수 일행이 석굴암 근처에서 발견했다던 고대거울 아티팩트를 보아도 알 수 있었다.

분명 지구도 판테온 만큼은 아니더라도 고대 던전들이 숨어 있을 게 분명했다.

카르카스라는 어둠의 조직을 확인한 이상, 그리고 그 조직이 아티팩트나 마법진을 다루고 있는 이상 절대로 지구 내의 고대 던전들도 안심할 수 없는 상황이었다.

분명 그들은 판테온에서처럼 지구에서도 고대 던전들을 찾으려고 혈안이 되어있을 것이었다.

아니, 이미 찾은 것이 있을 지도 모르겠다.

이런 상황 속에서 진혁 혼자서 카르카스에 대항해서 지구의 고대 던전들을 지키기에는 너무도 역부족이었다.

동지가 필요했다.

그리고 그 동지로서 박정원 만큼 완벽한 사람이 없었다.

진혁은 결심을 했다.

자신이 선택한 사람이니 믿어보자.

"잠시 저에게 집중해주십시오."

진혁이 박정원에게 말했다.

"네?"

박정원은 진혁의 말이 이해가 안 간다는 듯이 대답했다.

그 순간이었다.

그의 눈앞에 있던 진혁의 모습이 사라졌다.

"어……."

박정원은 놀래서 입을 다물지 못했다.

그는 사장실 안을 두리번거렸다.

"전 여기 있습니다."

진혁이 박정원의 뒤쪽에서 말했다.

'내가 잘 못 봤나?'

박정원은 흠칫 놀라면서 생각했다.

그 때였다.

뒤에 있던 진혁이 어느새 박정원 앞에 앉아 있었다.

"이게 다 뭡니까?"

박정원이 놀라면서 물었다.

진혁은 대답 대신 손바닥을 내밀었다.

박정원은 진혁의 태도가 기이하다고 여겼다.

그러면서도 진혁의 행동을 주시했다.

화르륵.

순간 진혁의 손바닥 위에서 불길이 치솟았다.

흠칫.

박정원은 놀라서 아무 말도 하지 못했다.

"서커스 쇼 같죠?"

진혁이 빙그레 웃었다.

그리고는 다음 순간 그는 팔을 일부러 위로 뻗었다.

그러자 비가 내리기 시작했다.

후두둑후둑.

후둑.

"이럴 수가!"

박정원은 입을 딱 벌렸다.

진혁은 그런 박정원의 태도에 개의치 않고 다시 팔을 내렸다.

후두둑.

툭.

진혁이 팔을 내림과 동시에 비가 멈추었다.

덕분에 박정원과 진혁은 비에 쫄딱 젖어 있었다.

"드라이."

진혁이 나지막하게 중얼거렸다.

그러자 박정원과 진혁의 젖은 몸이 뽀송뽀송하게 말라 있었다.

박정원으로서는 그야말로 놀라움의 연속이었다.

사실 진혁은 이정도의 기초적인 마법은 소리를 내지 않아도 충분히 시현할 수 있었다.

하지만 지금은 박정원에게 자신이 마법사라는 것을 드러내기 위해서 일부러 액션, 행동을 취하고 있었다.

"이, 이게 다 뭡니까?"

박정원이 정신을 차리고 물었다.

"마법이라는 겁니다."

진혁은 차분하게 대답을 했다.

"이…… 이게 다 마법이라고요!"

박정원은 자신의 눈을 믿기지 않는다는 듯이 말했다. 그럴 수밖에.

지금은 진혁이 일루젼 마법을 시현해서 또다른 진혁을 만들었다.

그 덕에 박정원 주위에는 가짜 진혁으로 둘러 싸여 있었다.

"맙소사!"

박정원은 자리에서 튕기듯이 일어났다.

좀 전까지는 혹시나 마술 같은 게 아닐까 하는 의구심도 들었다. 하지만 현대 마술이 이렇게까지 정교하고 바로 자신의 눈앞에서 들키지 않도록 펼칠 수가 있을까?

박정원은 진혁이 사실을 말하고 있다는 것을 깨달았다.

그가 놀라는 것은 당연했다.

"당, 당신이 우리작전을 이렇게 도왔군요!"

박정원은 그제서야 모든 것이 이해가 갔다.

그동안 진혁이 직, 간접적으로 엮였던 사건들이 단순히 우연하게 해결된 것이 아니었다.

그 뒤에는 진혁의 이런 숨은 노력, 아니 숨겨진 마법이 있었다.

"그렇습니다."

진혁은 일루전 마법을 거둬들이고는 치분하게 대답했다.

"지구에서 마법사라니!"

박정원의 눈은 경악에 차 있었다.

한국안센 과천연구소.

진혁은 아침식사를 하기 위해서 안내원의 안내를 받아 연구소의 구내식당으로 향했다.

물론 도중에 이번 연구프로젝트에 같이 참가하는 또래 4명과 함께 만났다.

"반가워."

"반가."

"난 권태호."

"최진혁이다."

"진경민이야."

"김환이라고 해."

"나는 나성규. 잘 부탁해."

5명의 학생은 서로 통성명을 했다.

대외적으로 밝은 성격들이다보니 자신을 소개하는데 있어서 거리낌이 없어 보였다.

다들 활기차 보였다.

'이번 대상은 나 같은 타입으로 골랐군.'

진혁은 자신이 운이 좋다고 생각했다.

박미현을 쫓아다니던 녀석은 아주 내성적인 녀석이었다. 남들 앞에 드러나는 것을 극도로 꺼려하는 그런 녀석이었다.

아마도 이번에는 연구소에서 다른 타입을 선발한 것 같다.

진혁처럼 대외적으로 활발하고 남들과 사이가 좋으며 인기가 많은 학생, 그런 타입 말이었다.

겉으로는 문제가 전혀 없어 보이지만 알고 보면 그 내면에는 극도로 잘해야 한다는 압박감을 받고 있는 그런 타입으로 이번 대상을 고른 것 같았다.

그런 면에서 진혁이 운이 좋은 셈이었다.

딱 그런 타입으로 설정하고 이곳에 잠입했으니 말이었다.

설마 50명중에 딱 5명만 그런 타입을 선발하고 나머지는 탈락 시킬 줄은 누가 알았겠는가.

이번엔 진혁이 단단히 운이 좋은 셈이었다.

하지만 이제부터가 문제였다.

잠입한 첫째 날은 이곳의 감시망이 예사롭지 않다는 것을 확인하고 끝낸 셈이었다.

이제 시간은 오늘하고 내일밖에 없다.

오늘부터 눈에 띄지 않되, 이곳에 대해서 알아낼 수 있는 것을 전부 알아내야 했다.

'일단 마법 감시망이 작동된다는 것은 알았고.'

진혁은 머리가 지끈 거려 옴을 느꼈다.

적어도 내일까지 마법사용이 어렵다.

2층부터 그 아래층은 전부 시큐리티 마법으로 감시하고 있기 때문이었다.

그 얘긴 건물지하부터 2층까지에 무언가 비밀이 숨겨져 있다는 것을 의미했다.

어쨌거나 진혁으로서는 예상외 변수를 만난 셈이었다.

최대한 이곳에 근무하는 자들에게 접근해서 정보를 빼오는 수밖에 없었다.

게다가 오늘, 내일 어떤 일이 일어날지도 모른다.

'긍정적으로 생각하자.'

진혁은 앞에 놓여 진 식판을 보면서 생각했다.

사실 세계적인 다국적 제약회사인 안센의 한국 내 연구소에 잠입할 때까지만 해도 어떤 확신이 있었던 것은 아니었다.

확실히 그런 면에서는 진혁이 제대로 이곳에 잠입했음을

알려주는 셈이었다.

이곳 2층에 시현되고 있는 시큐리티 마법덕인 셈이었다.

'모든 병원이 다 이곳을 추천하지는 않을 터인데.'

진혁은 눈앞의 또래 학생이 밥 먹고 있는 모습을 보면서 생각해보았다.

진혁 같은 경우, 일부러 박미현의 스토커였던 이재환이 다니는 정신병원을 다녔다.

부분기억상실증에 걸린 이재환에게서 알아낼 수 있는 게 전혀 없었기 때문이었다.

혹시나 하고 별기대하지 않았는데 뜻밖의 수확인 셈이었다.

밑져야 본전이라는 셈으로 이 연구소까지 오게 된 것이었다.

"식사가 생각보다 잘 나오네."

진혁이 식판에 수북이 쌓인 제육볶음을 보면서 말했다.

"잘 먹고 검사 잘 받으란 말인가보다."

진혁의 앞에 있던 나성규가 말했다.

"반가워, 나성규지?"

진혁이 먼저 손을 내밀었다.

"넌 최진혁 맞지?"

자신을 나성규라고 소개한 학생은 한눈에 봐도 매우 활기차보였다.

"너나 나나 같은 처지네."

나성규가 진혁을 보면서 웃었다.

"그렇겠지. 여기 앉아있는 우리 5명 다 그런 것 같은데?"

진혁이 씨익 웃으면서 말했다.

진혁의 말에 함께 모여 식사를 하고 있던 연구 지원자들인 나머지 학생들도 고개를 끄덕였다.

확실히 이번 연구대상들은 이재환과는 확연히 달랐다.

진혁의 생각대로 다들 밝고 명랑한 성격들이었다.

'그 속엔 무수한 압박이 자리 잡고 있다니.'

진혁은 나성규의 얼굴을 한번 쳐다보고 나머지 학생들도 한명씩 쳐다보았다.

남들보다 더 뛰어난 성적을 거둬야 한다는 압박감에 시달리다 온 학생들이었다.

어쨌든 이들이 그런 성격인 덕에 진혁은 이들과 함께 쉽게 어울릴 수가 있었다.

이들은 대외적으로 사람들과 어울리는 것에서는 거리낌 없이 행동했기 때문이었다.

내면에서는 그것을 스트레스 받는다고 해도 겉으로는 주변과 어울리려고 부단하게 노력하는 과들이었다.

어쩌면 이들이 자신만의 내면속에 파묻혀 사는 이들보다 더 힘들고 괴로울 수 있다.

'꼭 이겨내길 바란다.'

진혁은 진심으로 그들이 자기 자신과의 싸움에서 이기기를 바랬다.

하지만 이렇게 연구소까지 와서 자신을 마루타로 희생해야 하는가 하는 부분은 의문스러웠다.

그만큼 내면의 압박감에서 탈피하고 싶은 몸부림이 강했으리라.

진혁은 이들에게 동정심이 갔다.

무슨 일이 있든지 이곳에서 이들이 이재환과 같은 끔찍한 일을 겪게 내버려 둬서는 안 된다고 다짐했다.

하지만 그전에 이 4명의 학생들 전부다 믿을만한가 하는 것도 문제였다.

이들 중 학생들을 염탐하기 위해서 연구소 측에서 심어 놓은 녀석도 있을 것이라고 진혁은 생각했다.

"오늘부터 본격적으로 시약을 줄 건가봐."

자신을 김환이라고 소개했던 학생이 주변의 눈치를 보

면서 말을 꺼냈다.

"넌 겁 안나냐?"

나성규가 김환의 말을 듣고 진혁에게 물었다.

"뭐 이 상태로 있으나, 시약을 투여하나."

진혁이 어깨를 으쓱대면서 말했다.

그는 일부러 이들과 같은 타입 처럼 행동하고 말했다.

"하긴 그렇겠네. 여기를 추천한 의사샘이 그러는데 그 치료를 받으면 마음이 평온해지데."

김환이 말했다.

"나도 그 소리는 들었어. 담당의사가 나한테 그렇게 말하더라."

나성규가 대답했다.

"폭발하기 전에 이곳에 잘 온 것 같다."

진혁이 말했다.

"그렇지, 중간고사 전까지는 괜찮아져야 할 텐데."

두꺼운 뿔테안경을 쓴 진경민이라는 학생이 한숨을 쉬면서 말했다.

중간고사라는 말에 다른 학생들도 일제히 한숨을 쉬었다. 물론 진혁 빼고 말이었다.

"너는 성적에는 별로 연연하지 않나보구나?"

"그저 그래."

진혁이 무덤덤하게 말했다.

"어휴, 난 큰일이다. 전국 1등 지켜야 하는데."

진경민이 자랑 반 걱정 반으로 말했다.

아까부터 시험 걱정하는 이유가 자신에 대한 우월감을 비추고자 하는 면면도 있어 보였다.

"진경민 네가 전국 1등이라는 친구구나. 대단한데."

권태호가 진경민의 말에 반갑다는 듯이 말했다.

"별거 아냐."

진경민의 어깨가 으쓱거렸다.

"네가 내 앞이잖아. 우리 선생님과 부모님이 널 반드시 이기라더라. 누군가 궁금했는데… 너였구나."

권태호가 열심히 떠들었다.

결국 자신이 전국 2등이라는 소리였다.

"여기 대단한데. 전국 1, 2등 다 있고."

나성규가 놀랍다는 듯이 말했다.

하지만 그 역시 학교에서 전교 1등을 도맡아 하는 수재였다.

"넌 좀 어때?"

김환이 진혁에게 물었다.

하지만 그의 표정은 그다지 진혁에게서 우수한 성적을 기대하는 것은 아니었다.

"나? 난 뭐… 중간이거나 뒤에서 기던 거 같은데."

진혁이 별거 아니란 식으로 말했다.

사실 중3 기말고사 때 전교1등 한 것을 빼면 사실상 진혁의 중학생 시절이 그랬으니깐 말이었다.

"역시 운동선수들은 그렇지."

김환이 진혁을 깔보는 듯한 얼굴로 말했다.

진혁이 야구선수라는 것은 모두가 이미 알고 있었다. 이번 대통령배 고교야구대회에서 진혁이 서울고에서 올라운드 플레이어로 크게 활약한 덕이었다.

어쨌거나 운동선수들은 제대로 수업참관을 못한다. 그러다보니 성적이 자동으로 뒤로 밀리는 것은 당연했다.

"뭐하나 뛰어나게 잘하면 됐지."

나성규가 진혁의 편을 되려 들어주었다.

"그렇겠지. 그런데 운동선수들은 한순간에 훅 가더라."

김환이 살짝 비꼬면서 말했다.

"네 말이 맞아. 그것 때문에 상당한 압박을 받고 있었어. 안 그래도 여기저기 부상도 있고 말이야."

진혁이 김환의 말에 오히려 맞장구를 쳤다.

"그, 그렇지."

자신의 말을 인정하는데 반박할 수 있는 여지는 없다. 김환은 진혁의 말에 대충 대답하고 입을 다물었다.

그바람에 일순 분위기가 어색해졌다.

그때 나성규가 어색한 분위기를 깨려고 입을 열었다.

"우리한테 기회가 돌아온 것도 행운이지."

어제 50여명이나 지원자가 왔었는데 이들 5명만이 선발되었기 때문이었다.

"하긴 그런 면에서 행운이지. 이제 좀 마음 편히 살고 싶다. 하루하루가 불안해서 미칠 것만 같았다."

진경민이 말했다.

아무래도 5명 모두에게는 공통점이 있다.

남들에게는 잘하고 자기 자신에게는 매우 엄격하고 압박을 가하는 타입 들이었다.

그러다보니 속마음을 쉽게 드러낼 수 없었다.

하지만 지금 이 자리에 모인 5명은 서로 같은 고민을 안고 있는 자들이었다.

그래서인지 쉽게 서로에 대해서 마음을 터놓고 이야기를 나눌 수 있었다.

진혁은 그것을 보면서 안타까웠다.

이들에게 진짜 필요한 것은 약물이나 약이 아니라 이렇게 이들의 말을 들어줄 수 있는 부모나 선생님, 친구들이 아닐까 싶었다.

자기 자신에 대해서 허세를 부리지 말고 진심으로 속마음을 터놓는 것이 가장 좋은 해결책 같아 보였다. 하지만 오랜 시간 동안 자신이 만든 이미지 속에 갇혀 산 이들이라서 그러기가 쉽지 않아보였다.

"약은 어떤 종류일까?"

진경민이 걱정된다는 듯이 말했다.

"뭐 약물을 주사한다는 말도 있던데."

김환이 대꾸했다.

"그냥 주사만 할까?"

권태호 역시 불안한 표정을 지으면서 말했다.

"왜?"

김환이 권태호를 한심하게 보면서 물었다.

"영화에서 그런 것 있잖니. 온몸을 침대에 묶고… 막 이상한 것 달고 말이야."

권태호는 열심히 설명을 했다.

다들 권태호의 말에 피식 웃었다. 하지만 이내 얼굴들이 굳어졌다.

"너 영화를 정말 많이 봤나 보다. 그러니깐 2등하지."

나성규가 피식 웃으면서 핀잔을 주었다.

"정말 그럴지도 모르지."

진경민은 조심스럽게 말했다.

"……."

"……."

진경민의 말에 모두가 말이 없어 졌다.

다들 다니던 병원의 의사가 추천해서 이곳에 시약을 받기 위해 실험체 지원을 한 것까지는 호기롭게 왔다.

하지만 막상 실험을 한다고 하니 두려운 것은 마찬가지였다.

"뭐 별거 있겠어? 우리가 여기 온 것은 부모님들도 다 알고 계신데."

나성규가 말하면서 모두의 표정을 살폈다.

"하긴 그렇지. 우리가 몰래 온 것도 아니고."

진경민이 다소 안심하는 표정을 지었다.

엄연히 부모님의 동의를 받고 이곳에 참가신청서를 낸 것을 연구소 측도 알고 있다.

그리고 자신들이 전국에서 내놓으라하는 학생들이라는 것도 알고 있고 말이었다.

그러니 자신들에게 섣부른 짓을 할 리가 없었다.

"휴우. 괜히 걱정했네."

권태호가 머쓱한 표정을 지면서 말했다.

"뭐 다들 똑같지."

김환이 말했다.

"하긴. 이게 알고와도 막상 실험을 당한다고 하니 마음이 불안한 것은 사실이지."

진혁이 맞장구를 쳤다.

모두가 진혁의 말에 고개를 끄덕였다.

"참, 어제 상담사가 어깨를 누르는데 기분이 무척 안 좋더라."

진혁이 슬쩍 말을 꺼냈다.

이들의 의사를 떠보기 위해서였다.

그리고 이들도 같은 일을 당했는지 알아보기 위해서 말이었다.

"나도 그래."

나성규가 맞장구를 치면서 말했다.

"그 아줌마 참 이상하더라. 그냥 어깨에 손을 올린 것뿐인데 기분이 묘하게 안 좋았어."

"나도 그런데."

권태호 역시 맞장구를 쳤다.

나머지 세 명도 고개를 끄덕였다.

진혁은 학생들의 반응을 조심스럽게 살피면서도 능청을 떠는 것을 잊지 않았다.

그때 김환이라는 학생이 진혁의 눈에 들어왔다.

그는 다른 학생들과 마찬가지로 고개를 끄덕였다. 하지만 그전에 그의 낯빛이 살짝 어두워진 것을 눈치 챘다.

'음, 김환이라는 학생이 제일 이상하군.'

진혁은 일부러 김환 쪽을 보지 않고 나성규의 얼굴을 쳐다보면서 미소를 띠었다.

'조심해야겠어.'

진혁은 그렇게 생각하면서 김환을 슬쩍 곁눈질했다.

한국안센연구소 207호실.

"이번 애들?"

쥬아나는 상담사에게 차트를 건네받았다.

"명령하신 대로 이번에는 활력이 넘치는 아이들로만 뽑았습니다."

"잘했어."

쥬아나는 고개를 끄덕이고는 차트를 살펴보았다.

그 옆에서 상담사는 긴장을 한 듯이 쥬아나의 안색을 살폈다.

행여나 마음에 들지 않을까 조바심이 일었다.

얼마나 시간이 지났을까.

차트를 꼼꼼히 보던 쥬아나가 이윽고 고개를 들었다.

"괜찮아."

"아, 감사합니다."

40대의 여자상담사는 자신도 모르게 기쁜 얼굴을 지었다.

"이중 최진혁이라는 애가 제일 마음에 드는데."

쥬아나는 차트를 넘기고는 진혁의 이름이 적힌 종이 한 장을 내밀었다.

"저도 그렇게 생각합니다. 생긴 것도 제일 괜찮고요. 17 살이란 나이가 믿어지지 않을 정도로 몸도 탄탄합니다."

여자상담사는 진혁을 떠올리면서 자신도 모르게 얼굴을 붉히면서 말했다.

"그 정도야?"

쥬아나는 호기심이 일었다.

"나한테 최진혁이란 애부터 먼저 보내봐."

"알겠습니다. 약물투여는 언제쯤 할까요?"

"약물투여는 내일, 오늘은 제대로 연결해야지."

쥬아나가 인상을 찡그리면서 말했다.

"네. 그렇게 하겠습니다."

여자상담사는 쥬아나의 불편한 기색을 읽고는 서둘러 대화를 마무리 지었다.

아무래도 얼마 전에 있었던 사고도 그렇고, 요 근래 일어난 사고들 때문이었다.

지금 연구소는 당면한 문제가 있다.

실험체의 100% 완전한 장악.

이것이 문제였다.

현재는 90% 넘게 실험체들을 쥬아나의 의도대로 움직일 수가 있었다.

하지만 나머지 10%의 변수 때문에 사건, 사고가 끊이지 않고 있었다.

이 때문에 연구소에서는 실험체와 연구소간의 고리를 완전히 지워내느라 꽤 많은 돈을 써야 했다.

실험체들이 명령대로 잘 움직이다가도 어느 순간에 자신들의 의지를 갖고 복수심에 불타버리는 바람에 엉뚱한 사건을 일으켰기 때문이었다.

얼마 전 일어났던 이재환이라는 학생이 벌인 사건도 마찬가지였다.

사람들의 절망과 두려움, 공포심 등을 모으는 역할에는 충실했다.

하지만 그는 자신이 짝사랑하던 여자애를 잊지 못하고 그 여자애를 스토커 하다가 결국은 걸려버렸다.

이런 일들이 비일비재하게 일어나고 있었다.

인간의 이지가 남아있는 이상 한계라고 연구소 측은 내다보았다.

하지만 쥬아나는 달랐다.

오히려 색다른 도전을 했다.

더 활기차고 더 강한 에너지를 가진 17살의 남학생들만을 선발한 것이었다.

이들을 완전 제압할 수만 있다면 100% 이들을 로봇처럼 조종하는 것도 가능할 것이라고 생각했다.

그리고 이들을 제압하고 조종할 수 있게 되면 이들의 유전자코드를 재해석해서 앞으로 다른 이들에게도 똑같이 적용할 수 있었다.

'최진혁이라.'

쥬아나는 진혁의 이름이 적힌 차트를 다시 한 번 살펴보았다.

그동안 찾고 찾았던, 그런 자를 찾았다.

그녀의 얼굴에서는 이루 말할 수 없는 기쁨이 흘러나오기 시작했다.

'이것으로 무조건 됐어.'

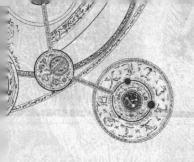

Return of the Meister

NEO MODERN FANTASY STORY

4. 연구소의 비밀

4. 연구소의 비밀

"최진혁이라고?"

쥬아나는 환한 미소를 띠면서 진혁을 바라보았다.

"네."

진혁은 쥬아나의 얼굴을 어색하게 쳐다보았다.

지금 두 사람은 커다란 연구실에 단둘만 있었다.

상당히 불편하기 짝이 없었다.

게다가 말이 연구실이지 그야말로 호텔방이나 다름없을
정도로 꾸며져 있었다.

커다란 연구실 안에는 앤티크풍의 가구며 소파, 심지어
침대까지 놓여져 있었다.

'무슨 연구실이.'

진혁은 연구실 안을 둘러보고는 기가 막혔다.

"호호호, 난 쥬아나야."

쥬아나는 자신을 소개하면서 진혁의 앞으로 몸을 내밀었다.

그 바람에 그녀의 블라우스 앞이 더욱 벌어져서 풍만한 가슴골이 드러났다.

'유혹하자는 건가?'

진혁은 어이없다는 표정으로 쥬아나를 쳐다보았다.

'대충 20대 후반? 30대 초반?'

진혁은 쥬아나의 행동이 다소 불쾌하기는 했으나 드러내지 않도록 노력했다.

좀 전에 진혁을 안내한 여자상담사의 태도로 보아 쥬아나라는 여자가 상당히 고위급이라는 것을 알 수가 있었기 때문이었다.

"그동안 많이 힘들었지?"

쥬아나는 아예 진혁이 앉아있는 소파 쪽으로 다가와 옆에 앉았다.

바로 건너편의 소파를 두고 말이었다.

"괜찮습니다."

진혁은 애써 시선을 회피했다.

"여러 가지로 힘들었다는 것을 잘 알아. 내가 도와줄 수 있어."

쥬아나는 진혁의 귓가에 대고 속삭였다.

"오늘은 어떤 실험을 받습니까?"

진혁이 침착하게 물었다.

"어떤 실험?"

쥬아나가 싱긋 웃으면서 한손으로는 금발머리카락을 돌돌 말았다.

진혁이 아닌 다른 이였다면 쥬아나의 그 모습에 넋을 놓고 보았을 것이었다.

하지만 진혁은 쥬아나의 유혹하는 듯한 태도에는 관심이 없었다.

덥석.

쥬아나의 오른손이 진혁의 어깨위에 올려졌다.

지잉.

진혁의 어깨에서 본능적인 거부감이 느껴졌다.

'음?'

진혁은 순간 자신의 어깨위에 무언가가 계속해서 후벼파는 느낌을 받았다.

하지만 애써 자신의 감정을 드러내지 않았다.

"17살이면 아직 경험 전이겠구나."

쥬아나가 노골적으로 속삭여댔다.

"무슨 말씀이신지 잘 모르겠습니다."

진혁은 그렇게 말하면서 의식은 어깨에 집중했다.

여전히 그의 어깨가 쥬아나의 손에 잡혀 있었기 때문이었다.

그녀의 손바닥 안에서 무언가가 진혁의 어깨 속을 파고들려고 요동을 치고 있었다.

하지만 진혁은 그런 내색을 하지 않았다.

그렇다고 해서 쥬아나의 유혹에도 흔들림이 없었다.

'이 놈 봐라?'

쥬아나는 진혁이 자신에게 무관심한 것을 깨닫고는 자존심이 상했다.

그녀는 자신의 색기를 더욱 끌어올렸다.

물론 진혁을 유혹하면서 원래의 목적인 어깨에 인장을 새기는 작업을 게을리하지는 않았다.

사실 쥬아나의 진짜 역할은 그것이었다.

실험체들의 어깨에 붉은인장을 새기는 것.

그럼으로 해서 그분과 연결 작업을 할 수 있도록 말이었다.

모든 실험체들이 붉은인장이 새겨지는 것은 아니었다. 간혹 실패하는 경우도 있었다.

그렇기 때문에 실험체들이 붉은 인장을 새기는 것을 눈치 채지 못하도록 해야 했다.

"호호호, 원하는 것 없니?"

쥬아나의 한손은 여전히 진혁의 어깨를 붙잡은 채로 다

른 손으로 진혁의 목을 감싸았다.

쥬아나의 뜨거운 입김이 진혁의 얼굴에 와 닿았다.

'난처하네.'

진혁은 잠시 고민했다.

쥬아나가 자신을 유혹하는 것은 이미 알고 있다. 문제는 쥬아나가 무슨 속셈으로 유혹하느냐는 것이었다.

자신의 오른쪽 어깨를 후벼 파고 있는 것의 정체를 알려면 그녀의 유혹에 적당히 넘어갈 수밖에 없었다.

하지만 유혹에 넘어간 이후의 또 다른 변수가 있을 지도 몰랐다.

"몸은 다 큰 성인인데 정신은 아직 어리구나. 호호호."

쥬아나는 그런 진혁이 귀엽다는 듯이 말했다.

그리고는 진혁의 입술에 자신의 입술을 갖다 댔다.

'에라 모르겠다.'

진혁은 자신도 모르게 손을 뻗어 쥬아나의 몸을 감싸았다.

동시에 두 사람의 입술이 서로의 입술을 탐닉하기 시작했다.

❖

진혁은 몰려오는 두통에 얼굴을 찡그렸다.

'여, 여기는 어디지?'

분명 조금 전까지 쥬아나와 키스를 하고 있었다.

그런데 정신을 잃고 지금은 전혀 예상치 못한 곳에 누워 있었다.

몸은 침대에 눕힌 채로 양팔과 양 발목에는 수갑이 채워져 있었다.

진혁은 고개를 옆으로 돌렸다.

그곳엔 진혁과 마찬가지로 똑같이 누워있는 4명의 학생들이 있었다.

아침에 자신과 함께 식사를 했던, 이번 실험에 지원한 학생들이었다.

"나성규, 나성규."

진혁은 바로 옆에 누워있는 나성규를 깨웠다.

"음… 음…."

하지만 나성규는 좀처럼 일어나지 못하고 신음소리만 냈다.

"김환, 진경민, 권태호! 일어나!"

진혁은 자신의 옆에 차례차례 누워있는 학생들의 이름을 불렀다.

"……."

하지만 그들 역시 나성규과 마찬가지로 정신을 차리지 못했다.

"제길."

진혁은 자신에게 화가 났다.

쥬아나의 마력에 당한 셈이었다.

그녀가 자신에게 키스를 한 것은 붉은 인장을 어깨에 새겨 넣으려고 하는 줄 알았었다.

결과적으로 그 키스가 자신의 정신을 잃게 만들 것이라는 것을 예측 못한 실수였다.

어쨌든 지금 모두 여기에 있다는 것은 전부 다 쥬아나에게 똑같이 당했다는 것을 의미했다.

'쥬아나라는 여자를 너무 가볍게 봤군.'

진혁은 쥬아나의 모습을 떠올렸다.

어딘지 기이하고 묘한 구석이 있는 여자였다.

'마력은 전혀 느껴지지 않았었는데.'

진혁은 쥬아나에 대해서 곰곰이 생각하기 시작했다. 지금 이곳을 빠져나갈 수 있는 방법은 쥬아나에 대해서 알아내야 가능하다고 본능적으로 느끼고 있었다.

아무 마력도 느껴지지 않는 그녀가 자신의 정신을 잃게 만들 수 있는 방법은 무엇일까?

'벨롭트의 힘인가?'

진혁은 상급악마 벨롭트를 떠올렸다.

마계에서, 그것도 상급악마 벨롭트가 인간의 소환에 응해서 지구나 판테온에 나올리는 만무였다.

'도대체 지구에 어떤 일이 벌어지고 있는 거지.'

진혁은 생각만 해도 머리가 아플 정도였다.

불과 몇 달 전에 타르탄투니안을 소환하려던 것을 막지 않았던가.

그런데 이번에는 그와 같은 상급악마 벨롭트라니.

기가 막힐 노릇이었다.

'휴우, 제발 어느 인간이 소환한 것이면 좋겠는데.'

진혁은 차라리 타르탄투니안을 소환하려던 자들이나 그런 욕심을 가진 자들이 벨롭트를 소환하려고 몸부림치기를 바랐다.

상급악마 벨롭트가 자신의 의지로 지구에 드러나길 원하는 것이라면 상황은 걷잡을 수 없이 커지기 때문이었다.

'분명 머리맡 쪽에 벨롭트 문양이 완성되고 있겠지?'

진혁은 마계의 벨롭트에 대해서 아는 지식을 쥐어짰다.

그의 생각이 맞다면 분명 그들이 누워있는 머리맡 쪽 벽면에는 벨롭트 문양이 완성되고 있을 것이었다.

어깨에 새겨진 붉은 인장 덕분에 상급악마 벨롭트의 의지와 연결되고 있었기 때문이었다.

나머지 4명의 학생들이 신음을 내면서도 의식을 깨지 못하는 이유가 그것이니깐 말이었다.

그리고 그 연결망은 지금 이들의 머리맡에 새겨진 벨롭트 문양과 연결되어서 더욱 강화되고 있었다.

벨롭트 문양이 완전하게 자리를 잡으면 그야말로 큰일이었다.

'시약이란 게 이런 거였군.'

진혁은 기가 막히다는 표정을 지었다.

무슨 약물주사나 약을 투입하는 것으로 생각한 것이 자신의 가장 큰 오산인 셈이었다.

제약회사 연구소라는 이미지에 속은 셈이었다.

진혁은 재빨리 주변을 스캔해나갔다.

다행히 이곳은 벨롭트의 문양이 새겨진 방이라서 그런지 시큐리티 마법이 펼쳐져 있지 않았다.

아마도 지구상에서 마법사라는 변수는 넣지 않은 듯 싶었다. 진혁으로서는 다행스러운 일이었다.

더구나 피 실험체들을 가두어두는 방인데다 벨롭트의 의지가 작용하는 곳이니 다른 감시체계가 필요 없다고 여겼으리라.

물론 이 방의 너머에는 펼쳐져 있겠지만 말이었다.

'오히려 다행이군.'

진혁은 가볍게 침대위에서 빠져나왔다.

그러자 진혁의 머리맡에 있는 벨롭트 문양에서 커다란 파문이 일기 시작했다.

아직 완성되지 않은 상태에서 진혁이 빠져나갔기 때문이었다.

진혁이 문양이 완성되기 전에 의식을 차린 것 자체가 실제로 거의 기적에 가까웠다.

아무래도 진혁의 수중에 니르갈이나 엔키닐이 숨겨져 있었기 때문인 듯 싶었다.

그것들이 진혁을 수호해주고 있었다.

"이크."

진혁은 서둘러서 나머지 4명의 학생들이 누워있는 침대로 가서 학생들을 깨워내기 위해서 자신의 마나를 집어넣었다.

다행히 진혁의 몸에 마나는 충분하게 있었다.

그런 점을 보아서는 진혁이 막 이곳에 옮겨진 직후 깨어난 것이 분명했다.

그렇지 않았더라면 그의 머리맡에 새겨진 벨롭트 문양에게 진혁의 힘이 다 빨렸을지도 모른다.

'니르갈에게 단단히 고마워해야겠군.'

진혁은 자신의 몸속에 있는 마법지팡이 니르갈을 떠올리면서 생각했다.

진혁은 함께 온 학생들이 깨워날 만한 마나를 주입하고는 이내 그들의 양팔과 발목에 묶인 수갑을 풀었다.

짝짝짝!

진혁은 일부러 그들의 따귀를 때렸다.

정신을 차리게 하기 위해서였다.

"일어나라고! 일어나!"

진혁은 자신의 목소리에도 보이스마법을 실었다.

다행히 효과가 보였다.

"으음, 어……."

김환이 제일 먼저 의식을 차렸는지 신음 소리를 내면서 눈을 떴다.

"여… 여기는?"

"시간이 없어. 어서 일어나."

진혁이 차분하게 김환에게 말했다.

벌떡.

침대에서 일어난 김환의 눈이 휘둥그레졌다.

자신의 옆에 나성규와 진경민, 권태호가 침대에 묶여 있었기 때문이었다. 물론 자신의 양팔과 발목에도 수갑이 풀려있었다.

김환으로서는 이 모든 상황이 당황스럽기 짝이 없었다.

"이, 이게 다 뭐야?"

김환은 다소 겁에 질려 있었다.

"설명할 시간이 없어. 다른 애들도 좀 깨워줘."

진혁이 침대에 누워있는 나성규와 진경민, 권태호를 가리켰다.

"알, 알았어."

김환이 고개를 끄덕이고는 몸을 일으켰다.

비틀.

그러나 그의 의지와 관계없이 몸을 일으키는데 휘청 거렸다.

아무래도 이들에게 진혁과 같은 의지와 체력을 기대하는 것은 힘들었다.

진혁이 얼른 김환을 부축했다.

"아무래도 여기 앉아있어. 기력을 회복해야겠다."

진혁은 김환을 침대에 앉혀놓고서는 나성규에게 향했다.

짝짝짝.

"일어나. 나성규!"

진혁은 초조했다.

그가 이렇게 시간을 들이게 되면 빠져나갈 확률도 점점 줄어들게 되기 때문이었다.

"권태호, 진경민! 일어나!"

진혁은 절박한 심정이었다.

그는 흘낏 그들이 누워있던 머리맡쪽 벽을 쳐다보았다.

벽에 새겨진 벨롭트 문양의 파문은 더욱 커져만 갔다.

검붉은 연꽃무늬가 어느새 형체를 알아보기 힘들 정도로 이지러지고 있었다.

'다행이군.'

진혁은 벨롭트 문양이 거의 제 모습을 잃어가는 것을 보고 안도했다.

하지만 이 방의 감시자가 조만간 모습을 드러낼 것은 분명했다.

진혁은 매우 초조했다.

한시라도 빨리 아이들을 모두 깨워서 데리고 나가야 했기 때문이었다.

"다들 깨어났어?"

진혁이 김환 쪽을 보면서 물었다.

그때였다.

퍼억.

무지막지한 힘이 진혁의 뒤통수를 강타했다.

나성규였다.

그가 언제 일어났는지 무표정한 얼굴로 서있었다.

게다가 그의 눈은 시뻘게져 있었다.

'이럴 수가.'

이미 나성규는 벨롭트의 의식과 연결되어 있었다.

'어떻게 된 일이지?'

진혁은 휘청거리면서 나성규과 벨롭트 문양을 번갈아 쳐다보았다.

"나성규, 너 왜이래?"

김환이 놀래서 나성규과 진혁을 쳐다보면서 말했다.

"진혁아, 너 괜찮아?"

"난 이정도로 끄덕없어."

진혁은 그렇게 말하면서도 김환쪽으로 몸을 날렸다.

나성규가 이번에는 김환을 목표로 삼아 움직였기 때문이었다.

"나성규, 왜이래!"

김환은 나성규의 벌게진 눈을 보고 경악하면서 소리 질렀다.

"조심해."

진혁은 김환을 향해 날리는 나성규의 두 팔을 잡아챘다.

휘이익.

콰당.

나성규의 몸이 바닥에 내동이 쳐졌다.

보통 사람 같으면 의식을 잃을 정도였다.

하지만 나성규의 눈은 이내 번쩍 뜨였다.

아무래도 벨롭트의 의지가 작용하는 육체라 보통 때보다 더 강화된 것이 분명했다.

"김환, 내말 잘 들어야해. 내가 무슨 일이 있든지 너를 이곳에서 나가게 해줄테니. 이 문밖에 나가면 무조건 이것을 쏘아 올려."

진혁이 품에서 숨겨두었던 신호탄을 김환에게 건네주었다.

"이, 이게 다 뭐야?"

"우리를 구해줄 생명줄."

진혁이 말했다.

김환은 신호탄을 들고 엉겁결에 고개를 끄덕였다.

그로서는 진혁에게 물어보고 싶은 것도 많았으나 지금 상황은 그런 것을 허락하지 않았다.

김환도 지금은 살아나가는 것이 급선무라는 것을 인지하고 있었다.

진혁은 그 와중에도 김환의 몸을 살피는 것을 잊지 않았다.

김환의 어깨에는 문양이 제대로 새겨져있지 않았다.

아무래도 벨롭트의 소환이 먹히는 체질이 아닌 듯 싶었다.

덕분에 그것이 김환을 살린 셈이었다.

진혁은 오전에 식당에서 김환을 의심했던 것이 미안해졌다. 지금 돌이켜보니 김환만이 연구소에서 벌였던 실험에 동조되지 않았던 것이었다.

자신의 아버지 최한필 교수나 동생 진명이 마법이 먹히지 않는 체질이었다는 것을 진혁은 떠올렸다.

어쩌면 김환도 그런 체질에 가까울 수가 있었다.

'지구는 판테온과는 또 다르군.'

진혁은 머리를 휘젓었다.

지금은 한가하게 그런 생각이나 연구를 하고 있을 때가 아니었다.

"너 정체가 뭐야?"

김환이 진혁을 존경한다는 듯한 눈빛으로 바라보면서
말했다.

탁.

하지만 진혁은 또다시 공격해오는 나성규의 복부를 차
느라 대답할 수가 없었다.

'진혁이 저런 애라니…… 멋있다!'

김환은 이상하게 변해버린 나성규의 공격을 연신 잡아
채는 진혁이 너무도 멋있었다.

오늘 오전만 해도 진혁을 다소 무시했는데 말이었다.

"김환, 문 쪽으로!"

진혁이 소리쳤다.

하지만 김환은 문 쪽으로 갈 수가 없었다.

끼이익.

끼익.

나성규 외에 누워있던 권태호와 진경민이 일어났기 때
문이었다.

그들 역시 눈이 시뻘게져 있었다.

그들은 출입구 쪽을 지키며 서있었다.

"못 나가겠어."

김환의 얼굴은 울상이 되 버렸다.

지금 그의 앞에 서있는 애들은 오전까지 봤던 애들이 아니었다.

그들의 눈이 시벌개진 것뿐 아니라 얼굴 표정 자체가 무섭게 변했다.

사람이 인상만으로 변할 수 있다는 말이 실감이 났다.

게디가 마구 휘두르는 손과 팔은 힘이 느껴질 정도로 무지막지했다.

김환은 오금이 다 저렸다.

그에게 있어서 진혁이 유일한 생명줄이었다.

"내 뒤에 있어. 기회를 봐서 나가도록 해줄게."

진혁은 그렇게 말하면서 나성규를 제압하기로 결심했다.

아무래도 적당히 기절할 정도로 이들을 제압해서는 절대로 이길 수가 없었다.

시간이 길어질수록 불리한 것은 진혁과 김환이었다.

'제기랄.'

같은 또래인 것을 뻔히 아는데 그 몸에 상해를 입히자니 진혁으로서도 내키지가 않았다.

그러다보니 망설이게 되고 망설이는 시간만큼 상황은 더 위험해지고 있었다.

분명 이곳의 소란으로 외부에서 사람들이 몰려올 지도 모르겠다.

타악!

진혁은 순간 복부에 불이 이는 듯한 화끈함을 느꼈다.

권태호가 진혁의 복부를 향해서 발길질을 했기 때문이었다.

"권태호, 정신차려!"

진혁은 어떻게든지 이들을 되돌리려고 말을 걸었다.

"얘들아, 나 진혁이야."

"……."

"최진혁이라고. 너희와 같이 이곳에 실험 받으러 왔다고!"

진혁은 소리를 질렀다.

너무도 답답했기 때문이었다.

도대체 어디서부터 중요한 것을 놓쳤는지 이해가 가지 않았다.

그때였다.

스르륵.

하얀 연기가 방 한가운데서 피어올랐다.

그러더니 곧 사람의 형체를 갖추었다.

쥬아나였다.

"호호호, 역시 내 생각대로 너는 강하군."

그녀의 이동방식은 확실히 여타 사람들과 달랐다.

쥬아나는 이미 진혁이 일어났을 때부터 이곳을 주시하고 있었다. 하지만 진혁의 대처를 보기 위해서 일부러 바로 등장하지 않았다.

진혁이 다른 애들을 제압하는 것을 보고 몹시 마음에 들었다.

확실히 그녀의 직감과 선택이 옳았다는 것을 보여주고 있었으니깐 말이었다.

"도대체 저게 다 뭡니까!"

진혁은 쥬아나의 얼굴을 노려보면서 말했다.

"내 이쁜 얼굴에 뭐가 묻었니?"

쥬아나는 진혁의 말에 대답은 회피한 채 자신의 얼굴을 어루만지면서 말했다.

진혁이 보기에도 쥬아나는 나르시즘이 있어 보였다.

진혁이나 김환은 쥬아나의 태도가 기가 막혔다.

하긴 그녀의 육감적인 몸매와 얼굴 때문에 자신들이 의식을 잃은 셈이니 달리 할 말도 없었다.

"얘들이 왜 이렇게 됐지?"

진혁이 쥬아나를 보면서 말했다.

"어떻게 되긴. 네들이 원하는 대로 마음의 압박감을 풀어줬지."

쥬아나는 재미있다는 표정을 지으면서 말했다.

"제가 원하는 것은 마음의 평화입니다. 이딴 것들이 아니라."

진혁은 쥬아나를 노려보면서 말했다.

"그렇지. 마음의 평화, 그것은 벨롭트님에게 맡겨둬."

"벨롭트님?"

진혁이 이해가 가지 않는 척하면서 물었다.

아직까지는 쥬아나는 진혁이 마법사라는 것을 모르고 있다. 그저 이곳에 오게 된 학생으로 여기고 있었다.

그런 만큼 철저히 그녀가 의심하지 않도록 행동하고 말해야 했다.

발톱은 숨길수록 파괴적인 효과가 큰 법이었다.

"앞으로 네놈이 모시게 될 분이야."

"전 제위에 누군가를 놓지 않습니다."

진혁이 딱 잘라 말했다.

"그렇겠지. 너란 녀석은 그런 점이 마음에 들어."

쥬아나는 주변을 둘러보았다.

그녀가 나타나자 나성규와 권태호, 진경민은 자동으로 그녀의 옆으로 붙어 있었다.

마치 그녀의 수하가 된 것처럼 말이었다.

그것도 진혁의 마음을 쓰리게 했다.

분명 저들은 자신들의 의지가 아닐텐데 말이었다.

차라리 쥬아나가 나타나기 전에 진혁이 셋을 한꺼번에

반 죽여 놨으면 좋을 뻔 했다.

그랬다면 쥬아나가 이들을 수하처럼 부리지 못할텐데 말이었다.

진혁으로서는 이성보다는 감성이 앞서서 나타난 뼈아픈 실책이었다.

이제부터 쥬아나가 이들을 데리고 어떤 짓을 벌일지 상상하기도 싫기 때문이었다.

"애들 틈에 숨어서 날 잡겠다?"

진혁이 일부러 쥬아나를 비꼬았다.

그녀를 도발하기 위해서였다.

"흥, 애네들 따위는 필요 없어. 너는 내 손가락 하나만으로도 충분히 제압할 수 있거든."

쥬아나가 오만하게 말했다.

"그러면 덤벼보시지."

진혁이 쥬아나를 자극했다.

"흥, 후회할 텐데."

쥬아나는 그렇게 말하면서 머리를 기괴하게 움직이기 시작했다.

머리가 360도로 한 바퀴 도는 것이었다.

'사람이 아니다.'

진혁은 쥬아나의 정체에 대해서 감을 잡기 시작했다.

김환 역시 쥬아나의 기괴한 행동에 덜덜 떨고 있었다.

(김환, 정신 차려. 내말 들린다고 놀라지 말고.)

진혁이 일부러 김환에게 텔레파시를 넣었다.

김환은 자신의 머릿속으로 진혁의 말소리가 들리자 놀라는 표정을 지으려다 애써 표정을 가다듬었다.

(나가는 출입구가 비면 무조건 달려. 내가 어떻게 되든지 신경 쓰지 말고. 그리고 문밖에서 내가 준 것을 누르면 돼.)

진혁은 다시한번 김환에게 강조를 했다.

김환의 눈에 일순 긴장한 빛이 떠올랐지만 여전히 표정 변화를 애써 누르고 있었다.

진혁으로서는 그나마 다행이었다.

생각보다 김환이 침착하게 자신의 말에 대응해주고 있었다.

쑤아아아악.

그때 쥬아나의 머리카락이 길어지기 시작했다.

마치 라푼젤처럼 말이었다.

쥬아나의 머리카락은 진혁쪽으로 다가왔다. 마치 살아 움직이는 생물처럼 말이었다.

먹이를 찾는 뱀처럼 쥬아나의 머리카락은 여러 갈래로 나누어서 진혁의 몸을 노렸다.

탁.탁.

타악.

진혁은 자신들을 침대에서 묶어두던 수갑을 잡아챘다. 그리고는 그것을 이용해서 여러 갈래로 나누어진 쥬아나의 머리카락을 한뭉큼 씩 잡아채서 수갑에 채웠다.

수갑에 채워진 머리카락 다발은 힘을 잃고 바닥에 떨어졌다.

그 바람에 쥬아나의 머리카락들은 엉키고 설키어서 요동을 쳤다.

"감히…."

쥬아나가 자존심이 상한 표정을 지었다.

진혁이 방금 전 보인 대처방법은 생각지도 못했기 때문이었다.

대부분들은 그런 상황에서 놀래서 경악을 한 채로 그녀의 머리카락에 묶이고 말았다.

덕분에 그녀의 아름다운 금발 머리카락이 헝클어져 엉망진창이 되었기 때문이었다.

챙.

쥬아나는 손가락을 들어 자신의 머리카락 사이사이에 채워진 수갑을 풀어냈다.

"흥, 이 정도쯤은."

쥬아나는 코웃음을 치면서 말했다.

"그러시겠죠."

진혁은 그녀의 말에 응수했다.

"너무 반항하지 마라. 그 아름다운 육체에 흠이 갈까 염려된다."

쥬아나가 진혁을 생각해주는 척 하면서 말했다.

"별로 아름답지 않은데?"

진혁이 냉소적으로 말했다.

"호호호, 너는 네 자신의 몸이 얼마나 멋진지 모르는구나."

쥬아나는 그렇게 말하면서 진혁의 몸을 감탄하듯이 쳐다보았다.

'정말 탐나.'

쥬아나는 진혁을 볼수록 너무 욕심이 났다.

그가 반항을 하고 자신을 이기려 들고 거칠게 저항할수록 멋있어 보였다.

차트에서 본 것 이상으로 훌륭했다.

진작에 찌질이 같은 애들을 모을 것이 아니라 뛰어난 애들을 모았어야 했다.

쥬아나는 자신의 계획을 결사반대했던 라이벌이자 형제인 발레노 슬랫을 떠올리면서 내심 승리에 찬 기분을 맛보았다.

이재환의 사건 때문에 발레노 슬랫은 연구소의 프로젝트에서 물러났다.

게다가 그녀가 먼저 그분의 명령대로 1차 제물단을 쌓

앉기 때문이었다.

이제 쥬아나 앞을 방해할 것은 아무것도 없었다.

오로지 진혁밖에.

지렁이도 밟으면 꿈틀댄다고.

쥬아나의 입장에서는 진혁이 지렁이처럼 보였다.

어떻게든지 살아나가겠다고 꿈틀거리는 지렁이로 말이었다.

"너에게 진짜를 보여줘야겠군."

쥬아나는 그렇게 말하면서 자신의 단추를 천천히 풀었다.

'뭐하는 거지?'

진혁이 의아한 표정을 지었다.

꿀꺽.

그조차 쥬아나의 그런 태도에 긴장을 하고 쳐다보았다.

분명 예삿일은 절대 아닐 것이라는 예감이 들었기 때문이었다.

쥬아나는 진혁의 태도는 전혀 개의치 않았다.

그리고는 천천히 블라우스의 단추를 전부 풀고는 가슴을 드러냈다.

'저럴 수가!'

진혁과 김환의 얼굴에서는 경악하는 빛이 떠올랐다.

쥬아나의 가슴에서 뚜렷하게 벨롭트의 문양이 새겨져 있었다.

검붉은 연꽃문양.

'저것이 진짜다.'

진혁은 그제서야 자신의 실수가 무엇인지 깨달았다.

쥬아나의 유혹에 넘어간 것.

아니 넘어간 척 한 것이 오히려 실수였다는 것을 말이었다.

쥬아나야 말로 벨롭트의 의지가 완전히 담긴 개체였다.

'저 여자를 완전히 제압해야 한다는 건가.'

진혁은 이맛살을 찌푸렸다.

"최진혁, 중앙개발투자 사장. 최한필 교수의 첫째 아들이고. 맞지?"

쥬아나가 진혁을 보면서 말했다.

"흠."

진혁은 탄식을 했다.

자신에 대해서 조사를 할 것이라고는 이미 생각했다.

하지만 그들이 어느 정도 진혁에 대해서 조사를 할 때는 이미 상황은 끝났을 것이라고 너무 쉽게 생각했었다.

"생각보다 거물이 내수중에 들어왔어. 호호호호."

쥬아나는 만족스러운 표정이었다.

"제가 거물로 보입니까?"

"내 눈에 그렇게 보이는데? 다른 친구들과는 달리 이렇게 깨어나 내 앞에 있다는 게 그 증거지."

쥬아나가 싱긋 웃어보였다.

크크크크.

그녀의 말에 나성규와 권태호, 진경민이 기괴한 웃음소리를 냈다.

마치 그녀의 심복처럼 말이었다.

'제길. 완전히 이지를 잃었군.'

진혁은 지금의 상황을 어떻게 하면 극복할 수 있을지 머리를 쥐어짜야만 했다.

지금 자신을 위협하는 학생들을 제압하는 것은 문제가 되지 않았다.

하지만 학생들을 다치게 할 수는 없었다.

게다가 김환을 보호해야 한다.

"저도 이렇게 되는 겁니까?"

진혁이 다른 학생들을 가리키면서 말했다.

"그렇지, 하지만 아니기도 하지. 넌 내게 가장 완벽한 실험체야. 네 몸에 그분을 담을 수 있겠어."

쥬아나가 생각만 해도 영광스럽다는 듯이 말했다.

"제 몸에 담다니 무슨 말입니까?"

진혁은 쥬아나에게 어이없다는 표정을 지으면서 질문을 했다.

물론 그가 쥬아나의 말뜻을 못알아 들어서는 절대 아니었다.

최대한 쥬아나의 입에서 정보를 빼내어야 했기 때문이었다.

"난 그동안 찾아다녔지. 그분이 원하시는 완벽한 육체를 말이야. 너처럼 강한 육체와 정신을 가진 인간들이 드물었지. 대부분 너무도 약해. 그분을 담기에는 말이야. 담았다가도 금방 바스러져 버리지."

쥬아나는 아련한 눈빛을 하면서 자신의 말에 심취했다.

"그러면 저 친구들은 무엇입니까?"

진혁이 질문했다.

"그분의 의지지. 그분이 이곳에서 힘을 쓸 수 있도록 먹이들을 모아주는 역할도 하고 말이야."

쥬아나가 싱긋 웃으면서 설명했다.

모든 것은 진혁이 예상한 대로였다.

다만 그 자신의 몸에 벨롭트가 소환될 것이라는 것은 계산에 없었다.

"제가 쉽게 저 자신을 내주겠습니까?"

진혁이 말했다.

"그렇지, 반항은 거셀수록 좋아. 호호호호."

쥬아나가 기분 좋게 웃었다.

그리고는 그녀는 한쪽 손을 들어올렸다.

"어디 한번 실력 좀 제대로 볼까?"

그녀의 말이 마치자마자 쥬아나의 옆에 있던 3명의 학
생들이 진혁에게 몰려들어왔다.

퍼억.

빠악.

퍽.

나성규와 진경민, 권태호는 시뻘게진 눈으로 아무런 표
정도 없이 진혁을 향해서 닥치는 대로 주먹과 발을 휘두르
고 있었다.

그바람에 이들 주변은 온통 파괴의 흔적이 넘쳤다.

이들의 손과 발에 걸린 침대나 기타 기구들이 전부 바스
라져 있었다.

원래의 이들이라면 상상할 수 없는 일이었다.

하지만 벨롭트의 의식을 담고 있어서 그런지 확실히 원
래의 몸보다는 힘이 좋았다.

더구나 셋이 동시에 합공까지 하는 상태였다.

진혁은 연신 이들의 주먹과 발세례를 피하면서 김환까
지 보호하며 도망쳐야 했다.

사실 진혁이 마음만 먹는다면 이들은 너무도 간단히 제
압할 수 있는 존재였다.

그가 이기기로 마음을 먹었다면 진작 이겼다.

문제는 이들을 상해하지 않고 제압해야 하는 것이었다.

'제길.'

지금처럼 가볍게 학생들을 때려봤자 소용없었다. 이들은 쓰러진 듯 하면서도 다시 일어서는 오뚜기, 아니 로봇처럼 힘이 재생되고 있었기 때문이었다.

결국 시간이 지날수록 진혁만 지칠 뿐이었다.

그때 진혁의 뇌리에 스쳐지나가는 생각이 있었다.

'어깨를 노리면 되지 않을까?'

지금 벨롭트 문양과 이들 어깨위에 새겨진 문양 사이는 완벽하지가 않다.

게다가 이들의 연결통로는 아직 어깨위에 새겨진 문양밖에 없다는 생각이 들었다.

오늘은 겨우 이틀째 날이었다.

그 얘긴 이제 막 연결 작업을 시작했다는 소리이다.

진혁은 자신의 생각에 확신을 가졌다.

어쩌면 희망이기도 했다.

하지만 이 방법이 유일한 방법이라고 생각했다.

'이 방법이 먹혀야 할텐데.'

진혁은 눈앞의 세 사람을 신중한 눈빛으로 보면서 생각했다.

쥬아나가 눈치 채지 못하도록 아주 빠른 속도로 이 세 사람에게 그 방법을 써야했다.

진혁은 몸을 이들에게 날렸다.

빠아악.

진혁은 나성규의 팔을 강하게 잡아챘다.

그리고는 그의 오른쪽 어깨 위를 불에 지지듯이 강하게 내리쳤다.

털석.

나성규의 시벌개진 눈이 순간 사라지면서 의식을 잃고 쓰러졌다.

'됐다.'

진혁은 회심의 미소를 지었다.

그리고는 권태호와 진경민을 차례대로 나성규처럼 쓰러 트렸다.

이 모든 게 전광석화처럼 한순간에 끝났다.

구경을 하던 김환 마저도 어리둥절했다.

진혁이 나성규의 어깨를 내리치는 것 같더니 어느새 셋이나 기절해 있었기 때문이었다.

"오호라. 생각보다 더 거물이네."

쥬아나가 이 모양을 보더니 오히려 기뻐했다.

진혁이 이들을 제압할수록 오히려 자신의 선택이 훌륭하다는 것을 증명하는 셈이니깐 말이었다.

그 정도는 해야지 그분의 몸을 담는 육체로 알맞다는 것이 더욱 증명되는 셈이었다.

(내가 저 여자를 맡을 테니 빈틈이 보이면 바로 문으로 가.)

진혁은 그 와중에도 김환에게 텔레파시로 지시를 내리는 것을 잊지 않았다.

그리고는 능청스럽게 쥬아나의 말에 대답했다.

"이래 봬도 운동을 꽤 한 몸입니다."

"꽤 한 것 치고 아주 훌륭하네."

쥬아나가 바닥에 쓰러져있는 학생들을 보면서 말했다.

"칭찬으로 여기죠. 이제 절 어떻게 때려눕히시렵니까?"

진혁이 바닥에 쓰러진 3명의 학생들을 곁눈질로 힐끔보고는 다시 쥬아나를 쳐다보면서 말했다.

"나 있잖아."

쥬아나가 자신을 가리키면서 말했다.

진혁은 팔짱을 끼고 쥬아나를 쳐다보았다.

"예상도 못했지만 뭐 잘됐지."

쥬아나는 그렇게 말하고는 무언가를 중얼거렸다.

동시에 그녀의 가슴에서 거대한 불꽃이 일어났다.

불꽃은 곧 긴 사슬처럼 연결되면서 넘실거렸다.

마치 무엇이든지 닿으면 그 순간에 불태워버릴 것처럼 말이었다.

'악마의 불꽃 사슬!'

진혁은 그것이 무엇인지 알아보았다.

저 거대한 불꽃에 조금이라도 닿으면 정신을 잃고 지옥의 고통에 시달리게 된다.

"호호호호, 애송아. 이제부터가 진짜란다."

쥬아나는 기괴한 웃음을 지면서 말했다.

악마의 불꽃은 쥬아나의 가슴에서 퍼져 나와서 진혁이 있는 쪽으로 빠르게 다가왔다.

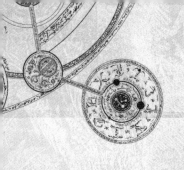

Return of the Meister

NEO MODERN FANTASY STORY

5. 연구소의 비밀 2

5. 연구소의 비밀 2

Return of the Meister

화르르륵.

화아악.

악마의 불꽃 사슬이 넘실거렸다.

족히 4-5m는 더 될 것 같은 사슬에 서린 불꽃들이 성난 파도처럼 무엇이든지 닿기만 하면 태워버릴 것 같이 보였다.

"이제 그만 항복하지."

쥬아나가 선심 쓰듯이 진혁에게 말했다.

"이따위로 날 위협할 수 있다고 생각해?"

진혁이 냉소적으로 말했다.

"호오, 넌 참 특이한 애군. 보통 이정도면 오금을 저릴 텐데 말이야."

쥬아나는 그렇게 말하면서 김환 쪽을 바라보았다.

안 그래도 김환은 실신 직전이었다.

진혁이 마나를 퍼주지 않았더라면 벌써 기절하고도 남 았을 것이었다.

"……."

진혁은 쥬아나의 말에 그녀를 노려보듯이 쏘아보았다.

"정말 마음에 든다. 강심장에 강한 체격이라."

쥬아나는 혀를 쓰윽 내밀었다.

그러자 그녀의 혓바닥이 기괴하게 앞으로 쑤욱 나왔다.

아니, 단순히 앞으로 나온 것만이 아니었다.

점점 혓바닥이 늘어나고 있었다.

그 모습만으로도 충분히 기괴했다.

처음 이방에 나타났을 때만해도 여신과도 같은 미모에 황홀할 정도로 아름다웠던 그녀였다.

하지만 벨롭트의 문양을 가슴에 드러낸 이후로 점점 사 람 같지 않게 기괴하게 변하고 있는 그녀였다.

그녀의 얼굴마저 좀 전까지 보였던 아름다움이란 찾아 볼래야 찾아볼 수가 없었다.

눈은 이미 시뻘게져 있었다.

아니 불타오르고 있다는 표현이 더 적절했다.

하지만 그녀의 행동은 여전히 자신이 아름다운 여인인 마냥 행동했다.

그 자체가 구역질이 날 정도로 역겹기만 했다.

진혁이야 판테온에서 온갖 괴물들을 다 만나봤으니 쥬아나의 변신에 크게 영향을 받지 않았다.

그서 그녀가 변하는 모습을 무덤덤하게 지켜볼 뿐이었다.

하지만 김환은 달랐다.

지구에서 어디 이런 일이 가능하단 말인가.

그저 만화나 판타지소설에서나 가능한 일이었다.

그런데 그런 일이 실제로 눈앞에서 벌어지고 있었다.

김환은 당장이라도 개 거품을 물고 쓰러질 것만 같았다.

얼굴이 창백하게 변했다.

진혁이 주는 마나가 아니었다면 벌써 쓰러지고도 족히 남았다.

진혁은 쥬아나를 노려보았다.

물론 김환의 상태를 수시로 체크하는 것도 잊지 않았다.

비록 이들이 처음 누워있던 이곳이 굉장히 넓은 곳이었다고 해도 기괴하게 변한 쥬아나를 피해서 도망칠 곳은 없어 보였다.

더구나 악마의 불꽃 사슬이 눈앞에 펼쳐진 이상 진혁은 김환과 쓰러져 있는 나성규, 진경민, 권태호를 보호하는데 방심해서는 절대 안됐다.

"흥, 네년이 아직도 이쁜 줄 착각하는데. 거울이나 봐라."

진혁은 일부러 쥬아나를 자극했다.

"어린놈이… 감히!"

쥬아나는 발끈했다.

그녀는 진혁이 무척 탐났다.

하지만 자신에게 냉소적인 진혁의 태도가 영 마땅치가 않았다.

아무래도 진혁을 제압하기 위해서.

확실하게 쥬아나 자신의 힘을 보여주기 위해서는 실력을 보여줘야 할 것 같았다.

"너는 이게 무엇인지 모르는가 본데."

쥬아나는 그렇게 말하면서 악마의 불꽃사슬을 돌렸다.

휙휙.

넘실넘실.

악마의 불꽃사슬은 큰 원을 그리면서 당장이라도 진혁과 김환 등이 있는 곳을 전부다 때려 칠 것처럼 보였다.

"진혁아…."

김환은 아예 사색이 되어 진혁을 불렀다.

"김환, 앞으로 어떤 일이 있어도 놀라지마."

진혁은 침착하게 말했다.

김환은 고개를 끄덕였다.

오늘 아침에만 하더라도 진혁을 공부 못하는 운동선수

로 치부하여 깔보던 그가 이제는 유일한 생명줄로 진혁을 믿고 있었다.

이것만 봐도 사람의 일이란 참 한치 앞도 내다볼 수가 없다.

"그러면 어디 이것 맛이나 좀 봐라."

쥬아나는 악마의 불꽃 사슬을 진혁 쪽으로 펼쳤다.

넘실 넘실.

화르르륵.

악마의 불꽃 사슬은 진혁의 바로 앞에서 위협을 했다.

'마법은 안 쓰려고 했는데 어쩔 수 없군.'

진혁은 자신의 정체를 드러내지 않기 위해서 마법은 최대한 쓰지 않으려고 했다. 하지만 이 상황에서 마법 외에는 방법이 전혀 없었다.

저 악마의 불꽃 사슬에 닿기만 해도 천하의 진혁이라고 해도 의식을 잃을게 뻔했기 때문이었다.

절대로 벨롭트 따위의 악마에게 자신의 몸을 내줄 수는 없었다.

그랬기에 김환에게 사전에 어떤 일이 있어도 놀라지 말라고 당부했던 것이었다.

나중에 김환이 어떻게 떠들어 댔건 간에 그것은 나중 문제였다.

당장은 여기를 벗어나고 봐야 했다.

화르륵.

화아아악.

악마의 불꽃 사슬이 진혁의 몸을 감싸려고 덤볐다.

그 순간 진혁은 마법을 시현했다.

"워터랜스!"

그리고는 물로 만든 창을 단단히 손에 쥐었다.

타악.

그 순간 진혁은 바닥의 반동을 이용해서 높이 공중으로 몸을 띄우면서 동시에 악마의 불꽃 사슬을 향해서 창을 내리쳤다.

차아앙.

경쾌한 창 소리가 방안에 울려 퍼졌다.

얼마나 세게 내리쳤는지 불꽃을 가르고도 그 힘을 이기지 못해 바닥까지 내리쳤기 때문이었다.

화르르……

확.

진혁의 생각지도 못한 공격에 악마의 불꽃 사슬은 그대로 두 동강이 나버렸다.

악마의 불꽃 사슬은 유일한 약점이 바로 물이었다.

"뭐, 뭐지?"

쥬아나가 경악에 찬 표정을 지었다.

지금 눈앞에 서있는 애송이가 마법을 시현했기 때문

이었다.

그녀가 잘못 본 것이 아니라면 분명 워터랜스라는 창을 진혁이 마법으로 시현한 것이 맞다.

"마법이라는 겁니다."

진혁이 쥬아나를 쳐다보면서 담담하게 말했다.

"어, 어떻게?"

쥬아나는 믿기지 않는다는 듯이 말했다. "뭐, 벨롭트라는 악마를 지구상에 끄집어내리려고 했던 분이 마법을 모르시지는 않겠죠."

진혁은 아무렇지 않게 말했다.

"마, 마법이라니."

쥬아나의 목소리가 부들부들 떨렸다.

생각지도 못한 변수였다.

지구에, 지구에서 마법사가 존재하다니.

물론 지구상에 마법사가 아예 없는 것은 아니었다. 하지만 대다수 가짜이거나 최하위급 마법사들밖에 없었다.

그런데 진혁이 보인 마법은 절대로 최하위급 마법이 아니었다.

적어도 3-4서클 정도는 있어야 가능한 마법이었다.

쥬아나는 지구상에 존재하는 마법이나 마계 등에 관해서는 자신만큼 잘 아는 사람이 없을 것이라고 자부해오던 터였다.

심지어 세계 각 나라의 첩보기관에서 조차 모르고 있는 카르카스라는 악마숭배조직에 대해서 그녀는 이미 알고 있었다.

심지어 카르카스의 수장과 이미 친분도 있는 사이였다.

진혁이 보인 마법은 쥬아나가 그동안 알고 있던 상식을 깨는 일이었다.

김환 역시 눈이 휘둥그레졌다.

진혁의 손에서 갑자기 뭔가 나오더니 그것이 절대로 끊을 수 없을 것 같던 불꽃 사슬을 끊어냈기 때문이었다.

'뭐지?'

김환은 자신이 알던 진혁이 아니란 생각이 들었다.

점점 거대한 태산처럼 진혁이 그렇게 보였다.

오늘 오전에만 하더라도 진혁의 성적을 비웃었던 자신을 떠올리고는 쥐구멍이라도 들어가고 싶을 정도였다.

지금까지 진혁이 보인 태도만 보더라도 같은 남자가 봐도 너무도 멋있었다.

게다가 마법이라니.

이것은 그야말로 신화적인, 전설적인 존재일 수밖에 없었다.

쥬아나 역시 당황하기는 마찬가지였다.

"어쩐지 완벽하다고 생각했어."

그녀는 중얼거렸다.

그제서야 그녀는 벨롭트님의 의지가 왜 진혁을 선택했는지 이해가 갔다.

그동안 수없이 많은 피 실험체를 벨롭트님에게 갖다 바쳤으나 번번이 거부당했기 때문이었다.

그런데 이번엔 진혁을 보더니 벨롭트님의 의지가 단번에 수락을 했다.

지구에서 마법사라니.

모든 것이 벨롭트님이 현현하기에는 완벽한 존재였다.

쥬아나는 진심으로 진혁이 탐이 났다.

하지만 그전에 진혁을 완벽하게 제압해야 했다.

상대가 마법사라는 것을 안 이상 쥬아나는 전심으로 그를 상대할 수밖에 없었다.

끼익 끽끽.

쥬아나의 머리가 기괴하게 돌아가기 시작했다.

그러더니 360도로 머리가 회전했다.

머리카락마저 부풀어 올랐다.

눈알은 튀어나오고 입술은 광대의 입처럼 얼굴 끝까지 찢어졌다.

좀 전까지는 그래도 쥬아나의 얼굴에서 그녀의 흔적을 찾을 수가 있었다.

하지만 지금은 쥬아나의 모습을 전혀 찾아볼래야 찾아볼 수가 없었다.

'악마의 시종이 이미 됐구나.'

진혁은 쥬아나의 변신을 보면서 생각했다.

그녀를 인간으로서 구하기는 너무 늦었다.

아니 이미 저런 상태가 된지 꽤 됐을 것이었다.

어떤 분노와 두려움, 공포가 있었기에 악마에게 자신의
영혼까지 온전하게 내준단 말인가.

진혁은 여자가 한을 품으면 무섭다는 말을 눈앞에서 실
감하고 있었다.

"호호호호, 애송아. 이 몸이 직접 상대해주지."

변신을 완벽하게 마친 쥬아나가 말했다.

"영광인데?"

진혁은 일부러 쥬아나를 비꼬았다.

어쨌든 쥬아나의 시선이 자신에게만 쏠리도록 말이었
다.

휘이익.

그때였다.

쥬아나의 머리카락이 갑자기 길어지면서 김환의 몸뚱아
리를 잡아챘다.

"진혁아!"

불시에 기습을 당한 김환은 머리카락에 몸을 붙잡힌 채
로 비명을 질렀다.

"당황 하지 마!"

진혁은 김환에게 소리쳤다.

그리고는 손목에 감춰져있던 니르갈을 꺼냈다.

그때 쥬아나의 또 다른 머리카락이 진혁에게 다가와 그의 허리를 감쌌다.

"호크크크호크크크!"

방안은 쥬아나의 기괴한 웃음소리로 가득 찼다.

타악 탁!

진혁은 쥬아나의 머리카락을 정신없이 니르갈로 질라냈다.

하지만 잘린 머리카락은 금방 다시 이어졌다.

마치 살아 움직이는 유기체처럼 말이었다.

아까 상대했던 것과는 전혀 다른 힘이었다.

아무래도 쥬아나의 전신에 벨롭트의 힘을 불러왔기 때문인 듯 싶었다.

슈우웅슝.

으악!

쥬아나의 머리카락이 김환의 몸을 마구 흔들었다.

그 바람에 김환은 정신없이 비명을 질러댔다.

'제길.'

진혁은 머리카락에 붙들린 채로 쥬아나를 노려보았다.

"네놈이 항복만 하면 풀어주지."

"어림없다!"

진혁은 쥬아나의 제안을 단칼에 거절했다.

'이건 동시에 잘라야 한다.'

진혁은 니르갈을 단단히 쥐었다.

단 한 번의 기회밖에 없었기 때문이었다.

쥬아나의 머리카락이 재생하지 못하도록 하기 위해서는 단 일격에 전부 잘라내야 했다.

"그래? 이놈을 죽여주지."

쥬아나가 빙긋 웃었다.

그리고서는 그녀의 머리카락에 감긴 김환을 높이 공중에 들었다.

일촉즉발의 상황이었다.

"으으아아악! 살려줘!"

김환이 소리쳤다.

그때였다.

진혁이 니르갈을 쥐고 높이 치솟았다.

동시에 수백 개의 니르갈이 펼쳐지면서 쥬아나의 머리카락을 잘라냈다.

으아아악!

쥬아나의 머리카락이 힘없이 바닥에 수천 개, 수만 개의 조각이 되어 떨어졌다.

그바람에 김환도 바닥에 내팽겨쳐질뻔 했다.

휙.

진혁이 김환이 바닥에 떨어지기 직전 받아냈다.

"어… 어… 나 살았구나."

김환이 자신을 안고 있는 진혁을 바라보고는 멋쩍은 듯이 말했다.

남자가 남자에게 안겨있다는 것 자체가.

하지만 지금은 그런 것을 따질 때가 아니었다.

"어린놈이 아주 죽으려고 발 버둥 치는군."

쥬아나가 표독스럽게 말했다.

하지만 쥬아나가 가진 본연의 힘은 이미 진혁에게 다 보였다.

그리고 진혁은 그것들을 쉽게 제압했다.

이제 그녀로서는 딱 한 가지 선택밖에 없었다.

그분의 힘 자체가 되는 방법 말이었다.

"그 딴 걸로 벨롭트님을 이길 수는 없다."

쥬아나의 목소리가 표독스러워졌다.

그녀는 갑자기 양팔을 높이 쳐들었다.

그리고는 알 수 없는 주문을 외우기 시작했다.

그러자 그녀의 가슴에 새겨진 벨롭트 문양이 점점 그녀의 전신으로 뒤덮여 가고 있었다.

진혁은 그것이 무엇인지 깨달았다.

'저대로 둬서는 안 돼.'

진혁은 재빠르게 쥬아나의 몸을 저지하려고 다가갔다.

티잉.

탁.

그녀의 주변에 무언가 막이 쳐져 있었다.

그 바람에 진혁은 다가가지도 못하고 튕겨 나왔다.

그사이 그녀의 전신은 점점 거대한 벨롭트 문양, 그 자체가 되고 있었다.

만약 그녀가 벨롭트의 문양, 그 자체가 된다면 지금까지 보인 힘과는 비교가 안될 것이 뻔했다.

'어떻게 하지.'

진혁은 정신을 집중했다.

이럴 수록 침착해야 했다.

쥬아나는 지금 자신을 바쳐서 벨롭트의 힘을 이곳에 나오게 하려고 하고 있었다.

하지만 쥬아나는 애초에 벨롭트가 선택한 몸은 아니었다.

그렇기 때문에 그간 수많은 사람들을 희생해가면서 알맞은 몸을 찾고 있었다.

몸을 찾는 일과 힘을 기르기 위해서 먹이를 찾는 일.

두 가지를 쥬아나가 다 수행하고 있었던 것이었다.

분명 쥬아나로서 한계가 있을 것이 뻔했다.

'완벽하지는 않겠군.'

진혁은 쥬아나를 보면서 그렇게 판단했다.

'저 문양 한가운데만 없애면 되.'

진혁은 쥬아나의 가슴, 정 가운데 있는 붉은눈을 응시했
다.

검붉은 연꽃의 정가운데에는 붉은점이 있었다. 그것이
쥬아나의 전신을 뒤덮으면서 붉은눈으로 변해 있었다.

진혁이 어젯밤 2층에 보았던 그 붉은눈 말이었다.

'저게 핵심이야.'

진혁은 김환을 한번 쳐다보았다.

(내가 돌진하면 넌 무조건 문 쪽으로 뛰어.)

김환은 진혁의 텔레파시에 고개를 끄덕였다.

진혁은 쥬아나의 가슴 한복판에 있는 붉은눈을 노려보
았다.

"흐음."

그는 심호흡을 가다듬었다.

이제 정면 승부밖에 남아있지 않았다.

타아악.

진혁은 쥬아나를 향해서 뛰어갔다.

동시에 김환은 문 쪽을 향해 뛰었다.

❖

진혁은 주위를 두리번거렸다.

적막하고 어두웠다.

'이곳이 붉은눈 속이겠지.'

진혁은 차분하게 마음을 가다듬었다.

이제부터가 정말 중요하다.

크크크크.

어디선가 기괴한 웃음소리가 들렸다.

진혁은 웃음소리가 나는 쪽으로 고개를 돌렸다.

사슴뿔처럼 거대하게 생긴 뿔을 달고, 시뻘건 눈을 하고 있는 자였다.

진혁이 알고 있는 것이 맞다 면 벨롭트라는 마계의 상급 악마가 분명했다.

벨롭트는 마계의 상급악마답게 망토까지 두르고 군복차림으로 나타났다.

자신에 대한 프라이드가 상당히 높아보였다.

"내가 운이 좋은 건가?"

벨롭트가 진혁을 보면서 말했다.

"그런 것 같은데."

진혁은 무덤덤하게 대답했다.

"특이한 녀석을 잡았군."

벨롭트는 진혁을 아주 만족스럽게 여겼다.

"……."

진혁은 대꾸하지 않았다.

제아무리 높은 서클의 대마법사라고 해도 지금상황에서

는 벨롭트라는 마계의 상급악마를 이기기는 힘들었다.

그나마 유일한 장점이 지금 이곳이 펼쳐진 공간이 지구라는 것밖에 없었다.

마계가 아닌 지구라는 점이 벨롭트에게는 다소 불리한 상황이긴 했다.

하지만 상급악마 벨롭트는 절대적으로 진혁보다, 아니 대마법사들보다 우위의 힘을 가지고 있었다.

공간이 불리하다고 해서 쉽게 얕볼 수는 없는 존재들이었다.

"상급악마께서 뭐 하러 인간세계를 탐내시나?"

진혁이 일부러 벨롭트를 자극했다.

"재밌다는 소문이 나서 말이지."

벨롭트가 대답했다.

"재밌어?"

진혁이 되물었다.

"뭐 시공간이 깨지고 있으니 먼저 자리를 차지하는 놈이 임자 아닌가?"

벨롭트가 말했다.

"음."

진혁은 시공간이 깨진다는 소리에 멈칫했다.

자신이 판테온과 지구를 오갔다.

혹시나 그 때문에 시공간이 깨진 것은 아닌지 순간 뜨

끔했다.

하지만 그 정도로 판테온과 지구간의 시공간이 깨질리
는 없었다.

그렇지 않았다면 일만 년 전에 이미 카이저 황제가 판테
온에서 지구로 넘어올 때 깨졌어야 했다.

'내가 모르는 것이 많은가보군.'

진혁의 이맛살이 찌푸렸다.

"뭐 고민하지 말지. 어차피 이 몸을 받으면 끝나니깐."

벨롭트가 말했다.

그는 당연히 진혁이 자신의 몸이 될 것을 의심하지 않았
다.

벨롭트 자신의 의지 하나면 그만이라고 진혁을 우습게
여겼다.

"내가 뭐 하러?"

진혁이 머리를 흔들었다.

"애초에 네놈의 선택 따위는 없지."

벨롭트가 우습다는 듯이 말했다.

"그런가."

진혁은 무덤덤하게 말했다.

"나 벨롭트님에게 선택받은 것 자체를 영광스럽게 여겨
야지."

벨롭트의 얼굴엔 오만이 가득 차 있었다.

그는 진혁을 그가 여차 마음만 먹으면 언제든지 죽일 수 있는 벌레처럼 여겼다.

하지만 그 벌레가 이렇게 당돌하게 구는 것에는 호기심이 일었다.

더구나 벌레가 전혀 자신을 두려워하지 않으니 말이었다.

게다가 진혁에게는 벨롭트가 원하는 그것이 없었다.

그것은 정말 난처한 문제였다.

"별로 두려워하지 않는군."

벨롭트가 진혁의 태도를 보면서 다소 곤란스러운 표정을 지었다.

그는 진혁이 자신을 만난 이후에도 전혀 자신을 두려워하지 않는 것이 마음에 걸렸다.

두려움이 없다.

그것은 벨롭트의 몸을 담기에는 문제가 있다는 소리였다.

마계의 악마들에겐 두려움, 공포 이런 단어들은 굉장히 중요했다.

그것들이 그들이 살아가는데 꼭 필요한 요소였다.

태어나자마자 생존의 경쟁 장소에 내동댕이쳐지는 악마들로서는 살기위해서 그 두려움과 공포를 이겨내고 자신의 적들을 물리치면서 살아남아야 했다.

그렇기 때문에 인간들에게서 빨아들이는 요소가 바로 두려움과 공포였다.

그것들을 빨아들여서 자신의 생명지수를 높이는 것이 바로 악마들이었다.

벨롭트라는 상급악마에게도 물론 두려움과 공포가 있었다. 자신보다 상위에 있는 마왕들에 대한 두려움과 공포감 말이었다.

그런데 지금 눈앞의 녀석에게서는 아무런 두려움과 공포감을 느끼지 못하고 있었다.

'쩝. 모처럼 마음에 드는 몸을 발견했는데.'

벨롭트는 진혁을 놓치기가 싫었다.

진혁도 재빠르게 벨롭트의 상황을 눈치 챘다.

덕분에 한 가지 빠져나갈 희망이 있다는 것을 깨달았다.

"크크크, 네 녀석이 무엇을 생각하는지 모르지만 말이야. 난 내가 못 가지는 것을 남이 가지는 것은 싫거든."

벨롭트는 그렇게 말하면서 자신의 몸을 부풀렸다.

상급악마 벨롭트는 몸의 크기를 자유자재로 만들 수가 있었다.

실제로는 4-5m 정도의 몸을 가진 벨롭트였지만 상대에 따라서 작게도, 크게도 할 수 있었다.

점점 벨롭트의 몸이 공간 전역에 꽉 차기 시작했다. 그

바람에 진혁은 벨롭트의 몸속에 들어있는 꼴이 되어버렸다.

'이걸 어쩌지.'

진혁은 낭패라는 표정을 지었다.

그때였다.

진혁의 몸속에 있던 엔키닐이 요동을 치기 시작했다.

'맞다. 엔키닐이 있었지.'

진혁은 과거 엔과 닐이라는 전설적인 고대 드래곤들을 떠올렸다.

이들과 상급악마가 붙으면 누가 이길까.

그것은 아무도 알 수가 없다.

만약 판테온에서 붙는다면 고대 드래곤들이 이길 것이었다. 하지만 마계에서 붙는다면 상급악마가 이길 수 있었다.

하지만 이곳은.

이곳은 지구이다.

판테온도, 마계도 아니다.

정확히 이곳은 쥬아나의 몸속에 펼쳐진 이공간이었다. 하지만 그 이공간도 지구라는 한정된 공간속에 펼쳐져 있는 것이었다.

'승산은 있다.'

진혁은 엔키닐을 몸 안에 넣어둔 것을 다행으로 여겼다.

파아앗!

진혁이 엔키닐을 몸속에서 꺼냈다.

'이게 먹혀야 할텐데.'

진혁은 엔키닐에게 최대한 자신의 몸속에 있는 마나를 전부 실었다.

단 한방이어야 했다.

진혁은 전신에 긴장감이 감돌았다.

엔키닐에게 모든 것을 실은 진혁은 그대로 벨롭트의 머리가 있는 위쪽을 향해서 전속력으로 날아올랐다.

휘이익.

파아아아악.

팟!

엔키닐이 벨롭트의 머리쯤에서 거대한 불빛을 번쩍거렸다.

으으으윽!

순간 벨롭트가 신음소리를 냈다.

예상치도 못한 일이었다.

마계가 아닌 지구안의 이공간이라는 약점이 벨롭트의 발목을 잡았다.

"드, 드래곤이…."

벨롭트는 말을 잇지 못했다.

공간을 꽉 차기 시작하던 그의 몸이 순간 줄어들기 시작했다.

엔키닐에서 내는 빛을 감당하지 못해서였다.

"이런 것이 네놈에게 있다니."

벨롭트의 눈이 경악에 찼다.

하지만 그것도 이내.

공간이 이그러지기 시작했다.

진혁은 그 바람에 머리에 강한 울림 때문에 정신이 없었
다.

벨롭트가 만든 이공간이 무너지고 있었다.

탈출구는 없었다.

진혁은 모든 것을 운에 맡기기로 했다.

모든 것이 소용돌이 쳐졌다.

쑤아아쑤우.

쑤아악.

거대한 소용돌이가 모든 것을 빨아들였다.

그 한가운데 진혁도 빨려들고 있었다.

진혁은 손에서 엔키닐을 놓치지 않으려고 안간힘을 썼
다.

진혁은 한쪽 손에 엔키닐을, 다른 손엔 니르갈을 꽉쥐었
다.

번쩍.

파파파파팟.

진혁은 박정원과 함께 연구소를 둘러 보았다.

"아무것도 못 발견하신 겁니까?"

진혁은 낭패라는 표정을 지었다.

"아주 소득이 없는 것은 아니었습니다. 이상한 장소가 한 두 개가 아니더군요."

박정원이 대답했다.

진혁이 연구소에 잠입할 때 박정원과 서로 간의 연락을 긴밀하게 주고 받고 있었다.

만약 무슨 일이 생길 시에 연락탄을 터트리면 박정원이 부하들과 함께 달려오기로 되어 있었다.

다행히 진혁이 쥬아나의 몸속으로 들어갈 때, 김환이 연락탄을 터트렸다.

그덕에 박정원과 부하들이 연구소로 진입했다.

연구소 측은 이들이 나타나자마자 푸에르토리코에서 그랬던 것처럼 모든 것을 폐기하고 사라졌다.

연구원들까지 말이었다.

애초에 이 연구소에는 연구원들이 많이 있지 않았었다.

꼭 필요한 인원들 외에는 말이었다.

그러나 박정원 일행은 이곳에서 꽤 기이한 장소들을 발

견해냈다.

그중 연구소 지하에 있는 공간은 특히 무슨 신전처럼 만들어져 있었다.

거대한 수영장이 있는 것은 물론이고.

그리고 그 옆에 수십 개가 넘는 시체들이 쌓여져 있는 것을 보았다.

모두가 산채로 말라 비틀어져 죽음을 당한 것처럼 보였다.

이것만으로도 충분히 경찰 측에 연락을 할 수가 있었다.

"인간들이 할 짓이 못되는군."

진혁은 박정원과 함께 그곳을 둘러보고 있었다.

그는 벨롭트가 이일로 절대 끝내지 않을 것이라고 생각했다.

쥬아나는 엔키닐의 힘에 의해서 폭발하고 말았다.

그녀의 잔재는 남아있는 것이 아무것도 없었다.

진혁은 그 부분을 오히려 다행으로 여겼다.

"이곳이 제단인가 봅니다."

진혁이 쓸쓸하게 말했다.

쥬아나가 벨롭트 의식과 연결하기 위한 제단을 쌓을 때 희생된 제물인 셈이었다.

"대한민국 안에서 이런 일이 벌어지고 있었다니."

박정원의 놀라움은 이루 말할 수가 없었다.

진혁이 마법사라는 사실을 안 것만 해도 그로서는 대단히 놀라운 일이었다.

　그런데 이렇게 악마가 소환되는 제단까지 보게 되니 박정원으로서는 송골이 다 모연했다.

　"도대체 이게 다 뭡니까?"

　박정원이 진혁을 보면서 물었다.

　진혁이 이모든 것을 설명할 수 있을 것처럼 느껴졌기 때문이었다.

　"벨롭트라는 상급악마를 불러내던 곳입니다."

　"악마라니."

　박정원은 자신의 귀를 의심했다.

　"사실 저도 믿기지가 않습니다."

　진혁이 차분한 어조로 말했다.

　"도대체 이자들은……."

　박정원도 말문이 막히는지 더 말을 잇지 못했다.

　"아무래도 이일이 끝난 것 같지 않습니다."

　"왜 그렇죠?"

　진혁의 말에 박정원이 물었다.

　"일단 저 시체들과 이 장소로 미루어보아."

　진혁은 말을 끊고 신전처럼 만들어진 연구소의 지하를 두리번거렸다.

　분명 이곳이 벨롭트가 인간을 부린 장소가 분명했다.

"이 악마는 단순히 인간이 소환해서 온 것이 아닙니다."

진혁의 낯빛은 몹시 어두웠다.

"저는 지금 정신이 다 없습니다. 인간이 소환해서 악마가 온다는 것도 믿기지가 않고, 악마가 스스로 나온다는 것이…."

박정원은 말했다.

진혁은 고개를 끄덕였다.

박정원의 심정을 이해하기 때문이었다.

인간이 악마를 소환 한다 것 자체도 아직 지구에서는 만화책에 나오는 이야기쯤으로 치부하는 것이 현실이었다.

그런데 악마 자의적으로 이곳으로 나온다는 것은 더 말이 안 되는 것이었다.

"사실 우리 세계는 알고 보면 아주 복잡한 곳입니다."

진혁이 입을 뗐다.

하지만 진혁으로서도 잘 아는 것은 아니었다.

그 역시, 이번 일을 통해서 그가 알던 지구가 더욱 복잡하게 여겨졌기 때문이었다.

"말씀해주십시오."

박정원이 진혁을 바라보면서 말했다.

"뭐 흔히 어느 날 갑자기 사람이 변해서 살인마가 된다든지 하는 것 말입니다. 대부분 악마에 씌웠다고 하죠."

"정말 쓰인 겁니까?"

박정원이 질문했다.

"그렇죠. 정확히는 진짜 악마라기보다 악마가 부리는 사술에 의해서 말입니다."

진혁은 고개를 끄덕이면서 말했다.

이것이 진혁이 아는 마계의 전부였다.

실제로 악마가 지구상에서는 활보하지는 않는다. 하지만 인간의 어두운 마음이 악마를 불러들인다.

그렇게 되면 악마는 자신의 의지를 지구상에 드러낼 수가 있다.

일종의 사술인 셈이었다.

"벨롭트라는 악마는 인간의 공포심과 두려움을 먹습니다. 뭐, 악마들 대부분이 다 그렇지만 말입니다."

진혁이 말했다.

"흠, 그렇다면 누군가의 공포심이 벨롭트를 불러들였을 것이란 말씀입니까?"

"그렇죠. 저 제물들을 보면 말입니다. 아마도 소환 의식보다는 그편이 더 직접적이긴 합니다."

진혁은 박정원에게 설명했다.

소환 의식과 벨롭트 자체를 직접 불러들이는 것은 제물을 바친다는 것은 동일했다.

하지만 그 결과는 너무도 다르다.

소환 의식의 경우 일정한 계약을 맺고 그 범위 내에서만 악마가 활동할 수가 있다.

그렇지만 후자의 경우는 악마에게 제한이 전혀 없었다. 제물을 바친 쪽은 무조건적인 충성을 악마에게 해야 했다. 그런 면에서 쥬아나는 이제 인간이 아닌 것과 같은 존재가 된 것이었다.

그녀는 제물을 바치는 의식을 통해서 그녀 자신을 벨롭 트에게 바쳤다.

쥬아나는 벨롭트의 부하가 되는 것을 선택했다.

인간이길 포기했었다는 이야기였다.

그만큼 쥬아나가 움켜쥐는 힘도 강했을 것이었다.

진혁으로서는 얼마나 그녀의 마음속이 어두웠었는지 느낄 수가 있었다.

인간이 얼마나 한이 맺혀야, 복수심에 차야 자신을 악마에게 내줄 수가 있을까?

단순히 육체를 넘어서 자신의 영혼까지 말이었다.

진혁으로서는 쥬아나의 선택이 씁쓸하지 않을 수가 없었다.

"산 넘어 산입니다."

박정원의 낯빛이 어두워졌다.

그도 진혁의 아버지 최한필 교수를 데리고 오면서 카르 카스라는 어둠의 조직을 맞닥뜨렸다.

그리고 그들이 자행했던 7살 여아들을 납치했던 일들에 대해서도 알고 있었다.

　타르탄투니안이라는 악마를 소환하기 위해서였다는 것을 말이었다.

　진혁에게 상세한 설명을 이미 들었다.

　어디 그것뿐인가.

　베트남 항공기를 추락하게 하려던 음모역시 단순히 북한의 소행이 아닌 제물을 바치기 위해서였다는 진실을 진혁에게 듣고서는 박정원이 얼마나 놀랬던가.

　"이들이 카르카스 조직에 속할까요?"

　박정원이 조심스럽게 물었다.

　"아닐 겁니다."

　진혁이 고개를 흔들었다.

　"왜 그렇게 생각하십니까?"

　"카르카스 조직을 운영하는 자들은 욕심이 많은 자들입니다. 그런 자들은 절대로 자신의 패권을 악마에게 내주지 않죠."

　진혁이 딱 잘라 말했다.

　"듣고 보니 그렇네요."

　박정원이 고개를 끄덕였다.

　그의 낯빛도 매우 어두워져갔다.

　카르카스라는 조직의 소재도 파악하지 못하는 상태서

또 새로운 상대를 만난 것 때문이었다.

"앞으로도 이런 자들을 계속 상대하게 될까요?"

박정원이 조심스럽게 물었다.

"제가 판테온에 넘어가게 된 것이 우연이 아니라면 말입니다."

진혁이 대답했다.

이 세상에 우연 따위는 결코 없었다.

진혁이 판테온에 넘어가고 다시 지구로 귀환한 것은 모든 게 우주의 섭리아래에서 움직이고 있었다.

진혁은 그것이 느껴졌다.

자신에게 주어진 숙명처럼 말이었다.

그가 지구의 심장, 마고 어머니를 만나게 된 것 역시 그의 숙명을 증명하는 일이었다.

"대한민국이, 아니 지구가 위험해질까."

박정원이 중얼거리듯이 물었다.

"그럴지도, 아닐지도 모르죠."

진혁은 그렇게 대답하면서 고개를 들었다.

그의 눈앞에 산처럼 쌓인 산채로 죽은 사람들을 보면서 말이었다.

진혁의 마음이 몹시도 쓰라렸다.

애초에 전부를 구할 수 없었다.

아니 이자들은 진혁이 연구소에 잠입하기도 전에 당한

자들이었다.

하지만 진혁은 모든 것이 자신의 책임처럼 느껴졌다.

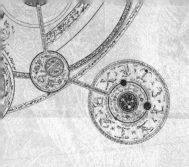

Return of the Meister

NEO MODERN FANTASY STORY

6. 사소한 현실

6. 사소한 현실

Return of the Meister

진혁은 지금 교무실에 있었다.

담임선생님을 만나기 위해서였다.

그가 연구소에 잠입할 동안 학교 측에서 어머니 장혜자에게 연락을 해왔다.

운동선수로서 학교 측에서 출석에 대해서 상당부분 양해를 해주고는 있으나 진혁의 경우 너무 오랫동안 교실에 얼굴을 드러내지 않았기 때문이었다.

게다가 중간고사까지 있었다.

다행히 연구소 사건이 해결된 다음날이라 진혁은 무사히 중간고사를 치를 수가 있었다.

하지만 담임선생님을 따로 찾아뵈어야 했다.

시험을 치른 당일은 시험만 치르고 급히 회사로 가 봐야 했기 때문이었다.

그래서 진혁은 다음날 일찍 학교를 나와 교무실을 온 것이었다.

아무래도 담임선생님에게는 제대로 양해를 구해야겠다고 생각했다.

"죄송합니다."

진혁이 1학년 7반 담당 선생님이자 담임인 이원국을 보면서 말했다.

'이놈 봐라. 죄송하다면서 당당한데.'

이원국은 진혁에게서 범상치 않은 느낌을 받았다.

이것은 뭐 학생면담이라기 보다 무슨 기업가에게 기부를 얻기 위한 면담같이 느껴질 정도였다.

진혁의 포스가 남다르기 때문이었다.

"네가 야구선수로서 우리 학교에 기여하는 바는 내가 잘 알지. 그래도 다른 애들은 일주일에 두세번은 오전에 출석하는 건 알지?"

이원국은 식은땀을 흘리면서 되려 진혁을 부른 이유를 설명했다.

"알고 있습니다."

진혁이 가볍게 고개를 끄덕였다.

"이왕 학창시절을 시작했으니 반 친구 얼굴도 좀 익히

고. 일주일에 한번이라도 좀 교실에 얼굴을 비춰라."

이원국이 부드럽게 말하면서 서둘러 말을 맺었다.

"네."

진혁은 미소를 띠면서 교무실을 나섰다.

이원국은 진혁의 그런 뒤 모습을 지켜보았다.

왠지 그의 뒤 모습이 거대한 산처럼 느껴져 왔다.

'거참 이상하네. 키와 체격이 좀 컸다 뿐인데.'

그는 머리를 갸웃거렸다.

솔직히 고등학생 정도 되면 덩치가 선생님들보다 더 좋은 애들이 한반에 몇 명 정도는 흔하게 나온다.

그렇기 때문에 아이들의 덩치나 키 때문에 주눅이 들거나 하지 않았다.

더구나 이원국은 고등학교 교사로 이미 잔뼈가 굵은 자였다.

그럼에도 불구하고 막상 진혁을 앞에 대하니 턱하니 숨이 막힐 정도로 강력한 포스에 어찌할 바를 몰랐기 때문이었다.

처음에는 진혁을 불러내서 한바탕 야단을 칠 생각이었다. 야구선수로서 대통령배 고교야구 우승의 견인 역할을 했다는 자만심에 진혁이 학교를 출석하는 것을 우습게 여긴다고 생각했기 때문이었다.

하지만 막상 눈앞에 서있던 진혁에게서는 그런 자만심을 전혀 찾아볼래야 찾아볼 수가 없었다.

'도대체 이 기분은 뭐지?'

이원국은 연신 고개를 갸웃거렸다.

드르륵.

그때였다.

야구감독 서인석이 얼굴이 시뻘게진 채로 헐레벌떡 뛰어왔다.

"아니, 이원국 선생. 진혁일 불렀다면서요!"

"그렇긴 한데… 왜?"

이원국은 서인석 야구감독의 모습을 의아하게 쳐다보았다.

"우리 야구단의 보배같은 녀석에게 뭔 이상한 소리를 한 것은 아니겠죠?"

"학생이 학교를 나와야지요."

이원국은 서인석 야구감독의 유난에 기분이 다소 상했다.

"그, 그렇긴 하지. 하지만 야구선수들은 학교 측에서 특별배려를 하지 않습니까?"

서인석 야구감독이 항명했다.

"그래도 진혁이의 경우는 너무 심하지 않습니까?"

이원국은 괜히 퉁명스럽게 말했다.

"저 녀석이 어떤 녀석인지는 알고 그러십니까?"

"야구단의 보배라는 말은 신물이 나도록 들었습니다."

이원국은 손가락으로 귀를 후벼 파며 말했다.

"보배 정도가 아니지. 감독대행도 맡고 있는 놈입니다."

서인석 야구감독이 손가락을 자신을 가리키면서 말했다.

"감독대행이요?"

이원국은 처음 듣는 소리에 서인석 감독을 쳐다봤다.

"저 녀석이 우리 야구단 애들을 죄다 개조 중이오. 진짜 괴물이지."

서인석 야구감독은 진혁에 대해서 풀어놓기 시작했다.

"이제 겨우 17살이 어떻게…."

이원국은 안 믿긴다는 듯이 말했다.

"그러니깐 괴물이라는 거지. 그리고 선생만 알고 계쇼. 저 녀석 말입니다."

서인석 야구감독의 목소리가 작아졌다.

마치 누군가 들으면 큰일이라도 나는 것처럼 말이었다.

"벤처회사 사장이기도 합니다. 지금 엄청나게 잘나간다는 벤처회사. 아시죠? 요즘 벤처하면 누구나 다 알아주잖소."

"흠."

이원국은 서인석 야구감독의 말에 잠깐 생각에 잠겼다. 학생이 사업을 하지 말라는 법은 없다.

적당한 나라의 절차를 밟고 사업을 한다면 문제가 전혀 없었다.

'괴물 같은 놈이긴 하군.'

도대체 야구실력이 얼마나 출중하기에 서인석 야구감독이 감독대행까지 맡긴단 말인가.

게다가 그 와중에 요즘 대한민국에서 제일 잘나가는 벤처회사까지 운영을 하고 말이다.

난 놈은 확실히 난 놈이었다.

아마도 진혁을 면담했을 때 느꼈던 포스는 아마도 CEO로서 몸에 밴 것이리라.

이원국은 머리를 가로 저었다.

서인석 야구감독은 이원국의 그 모습에 약간 불쾌감을 느꼈다.

"그래도 학생은 학생이지요."

이원국이 말했다.

"뭐 선생이 최진혁을 직접 대했으니 보통이 아니란 것은 잘 알 것이고."

서인석 야구감독이 어깨를 으쓱댔다.

진혁을 믿기 때문이었다.

자신이 진혁의 실력과 능력, 그 매력에 헤어 나올 수 없는 것처럼 분명 이 사람도 그렇게 변하리라.

이원국은 서인석 야구감독이 교무실을 나서는 모습을

쳐다보면서 혀를 찼다.

진혁이 입학하기 전까지만 해도 16강에 간신히 턱걸이
하던 야구감독이었기 때문이었다.

'그놈이 야구 하나는 잘하는가 보지.'

이원국은 그렇게 생각했다.

그때 교무실로 교감이 들어섰다.

교무회의.

이원국은 다른 선생들과 마찬가지로 회의를 하기 위해
서 탁자에 자리를 잡았다.

교감이 그런 이원국을 바라보면서 웃는다.

'왜 저러지?'

이원국은 평소 자신을 좋아하지 않는 교감인지라 그 상
황이 어색하기만 했다.

"이원국 선생 좋겠습니다."

교감의 첫마디였다.

"저희 반에 무슨 경사가 있습니까?"

이원국이 기대감으로 물었다.

"1학년 7반에서 이번 중간고사 전교 1등이 나왔습니
다."

교감은 파일을 펼치면서 말했다.

방금 중간고사 전산채점의 결과가 나왔나보다.

이원국은 고개를 갸우뚱했다.

자신의 반에서 전교 1등을 할 만한 학생이 누가 있을까 하고 생각했다.

"최진혁이군요."

교감이 파일을 들여다보면서 말했다.

"설마."

이원국은 반신반의했다.

"33번 최진혁. 아, 이 친구가 야구선수 아닙니까?"

교감이 파일을 다시 들여다보더니 감탄하듯이 물었다.

"맞, 맞습니다."

"녀석이 야구만 잘하는 게 아니군."

교감은 흐뭇한 표정을 지었다.

그리고는 파일을 이원국 앞에 내밀었다.

다른 선생들은 이원국을 부러운 눈초리로 바라보았다.

자신의 반에서 전교 1등이 나온다는 것은 선생들의 모든 바램이었다.

"만점!"

이원국이 파일을 보면서 소리쳤다.

파일에는 진혁의 성적이 나와 있었다. 거기에는 전 과목이 전부 만점이었다.

'이래서 서인석 야구감독이 괴물 같은 놈이라고 했군.'

이원국은 고개를 끄덕였다.

자신의 반에 이런 인재가 들어올 줄이야.

"그 학생이 좀 바쁘다고 들었습니다. 교장께서도 그러시고 이사장께서도 그 학생 편의를 좀 봐주라고 하십니다."

교감이 넌지시 이원국에게 말했다.

이원국은 아무 말도 할 수가 없었다.

이사장까지 나서서 편의를 봐달라는 말이 나왔다는 건 진혁이 특별배려를 받고 있다는 증거이기 때문이었다.

사립재단에서는 이사장의 힘은 엄청났다.

"이 학생 기부가 꽤 큽니다."

교감이 일부러 이원국 들으라는 식으로 중얼거렸다.

이원국은 그 말을 절대 흘려듣지 못했다.

'이 놈은 운동도 잘해, 공부도 잘해. 돈도 많아?'

이원국은 가슴을 쓰다듬었다.

오늘 진혁을 불러놓고 큰소리를 안친 것이 참으로 다행이라는 생각마저 일었다.

❖

웅성웅성.

진혁이 전날 중간고사에 이어 다음날 교실에 모습을 또 드러내자 반 아이들이 웅성거렸다.

2개월 가까이 첫째 날과 둘째 날을 제외하고는 교실에서는 거의 모습을 보지 못했던 진혁이었기 때문이었다.

쪼르르.

"진혁이 왔구나."

야구부 매니저중 한명인 한혜슬이 진혁이 앉아있는 책상 쪽으로 다가왔다.

안 그래도 항상 진혁이 야구부원들을 훈련시킬 때면 박미현의 옆에서 찰싹 붙어서 그를 지켜보던 한혜슬이었다.

진혁과는 같은 반이었지만 교실에서는 볼 수 없었기에 항상 야구장을 출석하던 그녀였다.

그런데 이틀 연속 진혁을 보자 한혜슬은 내심 쾌재를 불렀다.

물론 박미현이 대외적으로 진혁의 여자친구라는 것은 이미 알고 있었다.

하지만 두 사람 사이는 그다지 애정전선이 좋아 보이지 않았다.

게다가 요 근래 박미현은 조성완과 더 친해보였다.

한혜슬은 자신에게 기회가 왔다고 여겼다.

"오늘 수업시간표야."

그녀는 진혁에게 시간표를 넘겨주었다.

"고맙다."

진혁은 고개를 끄덕였다.

"몇 시까지 있을 거니?"

"오늘은 좀 있어보려고."

진혁이 대답했다.

사실 한혜슬이 옆에서 재잘거리는 것은 다소 귀찮기는
했다.

하지만 오랜만에 수업을 받는 지라 그녀의 도움은 어쩔
수 없이 받아야 했다.

시간표니 책이니 준비물 같은 것 말이었다.

도대체 얼마 만에 이런 시간을 갖는지 모르겠다.

'이게 당연한 일상인데.'

진혁은 교실 한구석에 이렇게 앉아있는 것이 무척 마음
편하다는 것을 깨달았다.

그동안 너무 쫓기고 산 탓이었다.

척.

한혜슬은 아예 진혁의 옆에 앉아있던 남학생 자리로 자
신의 책가방까지 갖고 왔다.

그 바람에 진혁의 옆에 앉아있던 남학생은 졸지에 한혜
슬의 자리로 옮겨갔다.

진혁은 그것을 모른 척 했다.

여자애의 눈짓 하나에 자리를 옮기는 남학생을 굳이 편
들어주고 싶지는 않았다.

"오늘은 내가 도와줄게."

한혜슬은 방실방실 미소를 띠면서 말했다.

그녀로서는 엄청난 횡재였다.

진혁이 조회부터 시작해서 종례시간까지 옆에 있어주겠
다니 말이었다.

'절대 이 기회를 놓치지 말자.'

한혜슬은 곁눈질로 진혁을 쳐다보았다.

잘생겨도 너무 잘생겼다.

물론 진혁이 무슨 꽃미남처럼 생긴 것은 아니었다.

남자로서 듬직하고 수려한 외모였다.

게다가 185cm에 육박하는 키에 단련된 근육은 울퉁불
퉁하지 않으면서도 전신에 바늘 하나도 들어가지 못할 것
처럼 탄탄하게 보였다.

'흥, 저 기집애들도 눈이 있어서.'

한혜슬은 반 여학생들이 진혁을 흘낏흘낏 쳐다보는 것
이 불쾌했다.

하지만 한혜슬이 진혁과 대화를 나누고 있는 모습을 부
러워하듯이 여학생들이 보는 것을 느끼고는 우쭐한 기분
도 만끽했다.

'야구부 매니저 한 보람이 있네.'

한혜슬은 기분이 좋았다.

그동안 매일 꽃샘추위에도 불구하고 운동장에 나갔던
보람을 느꼈다.

이렇게 진혁과 자연스럽게 대화를 나눌 수 있는 것이기
때문이었다.

오전수업 시간 내내, 한혜슬은 반 아이들 앞에서 자연스럽게 진혁의 여자친구라도 되는 것처럼 이것저것 챙겼다.

"진혁아, 지우개 필요하지 않아?"

한혜슬은 자신의 필통 속에서 아끼고 아끼던 고양이 모습이 새겨진 분홍색 키티 지우개를 건네주면서 말했다.

진혁은 평소 회사에서도 볼펜 보다는 연필로 글을 쓰는 것을 좋아했다. 그러다보니 자연히 지우개가 필요하긴 했다.

당연히 진혁도 지우개가 있었다.

"어. 나는……."

진혁은 한혜슬의 지우개를 거절하려다 순간 반 아이들의 시선을 느꼈다.

진혁 자신은 오늘 교실에 들어오면서 내내 반 아이들의 시선을 크게 의식하지 않고 있었다.

그러다보니 자신의 일거수일투족을 반 아이들, 특히 여학생들이 지켜보면서 감탄을 하고 있다는 것조차 몰랐다.

'난처한 상황이군.'

진혁은 반여학생들의 눈이 한혜슬의 지우개에 쏠려있다는 것을 깨달았다.

사실 이까짓 지우개 별것도 아닌데 말이었다.

사춘기 시절, 여고생들은 사소한 것에도 민감하다는 것을 진혁은 순간 생각해냈다.

"고맙다."

진혁은 살짝 미소를 띠면서 한혜슬이 건네준 지우개를 받았다.

그의 생각으로선 한혜슬이 야구매니저를 한다는 것에 대한 고마움 때문이었다.

야구부 매니저 일이 쉬운 건 아니니깐 말이었다.

진혁이 지우개를 건네받자 한혜슬의 얼굴에서는 만족감이 떠올랐다.

아.

동시에 반 여학생들의 탄식 소리가 낮게 흘러 나왔다. 아무래도 진혁을 두고 한혜슬을 상대로 경쟁하기에는 어렵다는 것을 느꼈기 때문이리라.

더구나 한혜슬은 야구부의 매니저를 할 만큼 미모와 몸매, 성적이 뛰어났다.

원래 야구부의 매니저들은 소수정예로 뽑는다.

대부분 여중고생 때는 운동선수에 대한 환상이 있기 마련이었다.

아니 여고생들뿐 아니라 20대의 여자들도 마찬가지였다. 여자들은 10대 중후반에 들어서면 자연스럽게 연예인이나 운동선수에 관심이 많아진다.

그러다보니 야구부의 매니저를 지원하는 여학생 수가 많다보니 경쟁도 치열했다.

당연히 얼굴과 성적을 보고 뽑게 되는 것이 사람의 마음이었다.

'두고 봐. 반드시 진혁일 내 것으로 만들겠어.'

한혜슬은 수업에 열중하고 있는 진혁의 옆모습을 곁눈질하면서 자신의 각오를 다졌다.

그녀는 박미현보다는 자신이 진혁에게 더 잘 어울린다고 생각했다.

학교 측에 당부해서 학생들에게는 비밀로 부치고 있었지만 한혜슬은 한정그룹의 외동딸이었다.

프로야구단을 운영하고 있는 한정그룹 말이었다.

물론 프로야구단 뿐 아니라 대한민국의 재계 10위 안에 이름을 올리고 있는 한정그룹이었다.

그녀가 야구부 매니저로서 허드렛한 일을 하고 있는 것도 장래 한정그룹이 운영하고 있는 프로야구단을 이끌기 위한 일종의 경영수업인 셈이었다.

한혜슬은 태어나서 한 번도 자신이 원하는 것을 놓쳐본 적이 없었다.

❖

점심시간, 구내식당.

박미현은 1학년 1반이었다. 자연스럽게 7반인 진혁네

보다는 배식 받는 시간이 앞설 수밖에 없었다.

그러다보니 박미현은 1반 친구들과 함께 구내식당에서 식판을 들고 자리를 잡고 있었다.

하지만 오늘은 진혁이 나오는 날이었다.

그녀는 진혁이 속한 7반이 들어오기를 구내식당 입구 쪽에서 목이 빠져라 기다렸다.

그런데 진혁이 한혜슬과 몇몇 7반 아이들과 함께 구내식당에 들어선 것이었다.

"진혁아, 여기."

박미현이 조심스럽게 손을 올리면서 진혁을 아는 척 했다.

"미현아, 1반인데 아직도 밥 안 먹고 있던 거니?"

한혜슬이 먼저 박미현을 발견하고는 말을 걸었다.

하지만 그녀의 말에는 박미현을 향한 질책도 담겨 있었다.

"그, 그게."

박미현은 순간 당황을 했다.

평소 누구보다 당당하던 그녀였지만 한혜슬은 박미현보다는 한수 위였다.

"어머, 너네 반 애들은 벌써 밥을 절반이나 먹었다."

한혜슬은 박미현의 건너편에 자리를 잡고 있는 1반 학생들의 식판과 박미현의 식판을 번갈아보면서 말했다.

그녀의 말대로 이미 식사를 시작한 1반 학생들은 거의 식사가 끝나가고 있었다.

박미현이 진혁을 기다리고 있느라 아직도 식판의 밥은 줄어들지 않은 셈이었다.

"네가 이러면 뒤 반에 민폐잖니?"

한혜슬이 식판을 든 채로 고개를 치켜들면서 말했다.

그바람에 박미현의 얼굴이 빨개졌다.

이쯤 되고 보니 식당에서 급식을 받고 있던 학생들이나 이미 자리를 잡고 앉아있는 학생들 모두의 시선이 쏠리게 되었다.

워낙 전교에서도 미모나 성적으로도 톱을 달리는 한혜슬이나 박미현이었기에 더욱 그랬다.

"……."

박미현은 살짝 고개를 떨구었다.

식당에서 모두의 시선이 쏠려있는 것 때문에 더욱 한혜슬의 말을 반박하기 어려웠다.

사실 앞 반이 먼저 식당을 사용했으니 빨리 식사를 마쳐 주는 것이 뒤 반에 대한 예의이긴 했다.

한혜슬의 말은 틀린 게 없었다.

박미현이 자신의 말에 고개를 떨구자, 한혜슬은 더욱 기고만장해졌다.

오전에 진혁이 자신의 지우개를 반 여학생들 앞에서 받

아준 것 때문에 자신감이 붙어있는 그녀였다.

그래서 그런지 대외적으로 공식적인 진혁의 여자친구인 박미현에게 오히려 당당하게 말하고 있었다.

게다가 박미현 마저 자신의 말에 아무런 말도 못하니 그녀의 기분은 하늘을 날듯이 높이 올라갔다.

"무슨 일이지?"

그때, 진혁이 식판을 들고 다가왔다.

"어, 진혁아."

박미현이 고개를 들고 진혁의 이름을 중얼거렸다.

순간 식당에서 다시 한 번 진혁과 박미현, 한혜슬 쪽으로 시선이 쏠렸다.

"아, 아무것도 아니야. 우리 7반 아이들 있는 쪽으로 가서 밥먹자."

한혜슬이 진혁에게 웃으면서 턱짓을 했다.

그녀의 시선이 머무는 곳에는 7반 학생들이 모여서 식사를 하고 있었다.

대부분 자신들의 반 학생들과 식사를 할 수밖에 없었다. 각반마다 배식을 받는 시간이 몇 분 터울로 달랐기 때문이었다.

서울고의 식당은 좁은 편은 아니었지만, 점심시간의 경우는 한 번에 전교생들이 모여서 식사를 해야 했기에 어쩔 수 없이 나누어서 배식을 하고 있었다.

진혁은 한혜슬의 말에는 미동도 하지 않았다.

탁.

그는 아무런 말도 없이 박미현의 식판이 놓인 옆자리에 자신의 식판을 올려놓았다.

"진혁아, 여기는 1반 애들이 먹는 자리야."

한혜슬이 당황해서 말했다.

"반이 다르다고 해서 같이 못 먹게 하지는 않겠지."

진혁이 말했다.

"그래도 여기 애들은 거의 식사를 마쳤잖아."

한혜슬이 볼멘 소리로 말했다.

"내 여자 친구는 아직 안 먹었거든."

진혁이 말했다.

"……"

한혜슬은 진혁의 말에 말문이 막혔다.

아니 할 말이 없었다.

학생들 사이에서도 커플의 경우, 반의 여부를 떠나서 점심시간에 서로 기다리면서 밥을 먹는 게 지극히 당연했기 때문이었다.

지금 진혁은 전교생 앞에서 박미현이 자신의 여자 친구임을 선포하고 있는 셈이었다.

진혁은 아무렇지도 않은 듯이 그렇게 중얼거리면서 박미현의 비어있는 옆자리에 앉았다.

이번엔 반대로 한혜슬의 얼굴이 빨개졌다.

동시에 7반의 여학생들의 얼굴에서는 고소하다는 빛이 떠올랐다.

오늘 오전에 한혜슬이 진혁의 여자 친구도 아니면서 너무 설쳤던 것이 거슬렸기 때문이었다.

'어렵군.'

진혁은 조용히 자신을 스쳐지나가는 한혜슬의 뒷모습을 힐끔 쳐다보면서 생각했다.

한혜슬은 무척이나 자존심이 상한듯했지만 애써 누르고 아무렇지도 않은 척 식판을 들고 걸어가고 있었다.

그녀의 자존심이 더 이상 떨어지는 것을 허락하지 않았다.

진혁의 태도에 한혜슬은 더 이상 아무런 말도 하지 않고 식판을 들고 7반 학생들이 있는 곳으로 향하는 듯 싶었다.

"고마워."

박미현이 진혁의 옆에서 조그맣게 속삭였다.

그녀의 얼굴에서는 살짝 미소가 감돌았다.

"당연한 걸."

진혁은 더 이상 아무런 말도 하지 않고 숟가락을 들었다.

그때 그는 한혜슬이 7반 자리로 간 듯 싶더니 이내 식판을 들고 식판반납소로 향하는 것이 보였다.

아무래도 자존심이 상할 대로 상한 한혜슬이 식사를 포기한 것이었다.

진혁은 살짝 그것이 미안해졌다.

어쨌거나 오늘 오전 내내 자신을 도와준 한혜슬이다.

더구나 평소에도 야구부 매니저로서 다른 매니저들보다 더 열심히 자기 일처럼 야구부원의 일에 나서준 한혜슬이라는 것을 잘 알고 있는 자신이었다.

의도한 것은 아니었지만 전교생들의 앞에서 망신을 준 셈이었다.

'미안하게 됐네.'

하지만 진혁은 모르고 있었다.

자신이 한혜슬의 뒷모습을 멍하니 넋 놓고 보는 것을 박미현이 바라보고 있다는 사실을 말이었다.

더구나 그런 박미현과 진혁을 멀찍이 떨어진 곳에서 야구부원인 조성완이 어두운 낯빛으로 쳐다보고 있었다.

"진혁아, 혜슬이 그만 보고 밥 먹자."

박미현이 나직이 중얼거렸다.

"아."

진혁은 순간 자신이 실수했음을 깨달았다.

자신도 모르게 한혜슬이 식당에서 나가는 뒤 모습을 쫓고 있었기 때문이었다.

그로서는 사실 남녀 간의 감정을 느껴서라기보다 미안함 때문이었다.

하지만 박미현의 입장에서 오해하기 쉬운 일이었다.

'이런 게 더 어렵군.'

진혁은 굳이 변명을 하지 않고 조용히 식사를 했다.

그의 옆에서 박미현이 식사에 열중하는 것처럼 보였다.

하지만 진혁은 알고 있었다.

지금 박미현의 기분이 몹시 좋지 않다는 것을 말이었다.

하지만 그녀는 일부러 평소보다 더 씩씩하게 식판위의 밥을 싹싹 비우고 있었다.

진혁은 그것이 더 무서울 지경이었다.

평소 자신의 감정을 솔직하게 표현하고 돌진해오는 박미현이었다.

하지만 요 근래 박미현은 어딘가 모르게 달라져있었다.

예전처럼 진혁의 집을 찾아오지도 않았고, 야구부에서 마주칠 때도 가끔 뭔가 깊이 생각하는 것처럼 보였다.

진혁은 그것이 얼마 전에 박미현이 겪었던 스토커 이재환 때문일 거라고 생각했다.

하지만 오늘 보니 자신이 잘못 생각했던 것 같다.

어쨌거나 진혁에게서는 악마니 괴물이니 하는 것들을 퇴치하는 것보다 이런 사소한 감정싸움이 더 어려운 게임처럼 느껴졌다.

진혁과 박미현은 식사를 마치고 교정을 거닐었다.

입학을 한 이후 오랜만에 함께 걷는 교정이었다.

진혁이 회사일과 야구부일 등으로 바빠서 제대로 학교 수업에 참석하지도 못했기 때문이었다.

교정을 나란히 걷는 두 사람 사이에는 어색한 기운이 감돌고 있다.

하지만 이내 박미현이 화단의 꽃들을 보더니 감탄사를 터트렸다.

"와, 장미가 폈어!"

박미현은 화단에 가지런히 심어져있는 장미나무에서 장미꽃 한 송이가 핀 것을 발견하고는 기뻐했다.

"일찍 피었네."

진혁이 말했다.

"그러게. 아직 6월이 되려면 한 달도 넘게 남았는데."

박미현은 그렇게 말하면서 장미꽃송이에 다가가 향기를 맡았다.

장미 특유의 향긋하고 진한 향기가 전해져 왔다.

"내일이면 5월이니 필만도 하지. 5월 중순부터 장미가 피니깐 말이야."

진혁이 말했다.

"5월 중순부터 피는 거구나."

박미현이 다소 맥 빠진 표정으로 대답했다.

사실 박미현으로서는 장미가 5월 중순이나 6월에 피는 것은 아무런 의미가 없었다.

조성완 같았으면 이럴 때 네가 장미보다 더 이뻐라는 소리를 했을 게다.

박미현은 내심 진혁으로 부터 그런 소리를 듣고 싶었다.

아무리 대외적으로 진혁의 여자 친구 역할을 하고 있었지만 이왕 여자 친구 대접을 좀 해주면 어디가 덧날까 싶었다.

처음엔 박미현은 시간이 지나면 진혁의 마음이 자신에게로 올 줄을 알았다.

그만큼 자신의 매력에 자신이 있었다.

그래서 그녀 입장에서는 다소 자존심 상하는 일이었지만 진혁의 대외적인, 무늬뿐인 여자 친구 역할을 제안했던 것이었다.

그렇게 진혁을 붙잡고 나면 결국 자신에게 무릎을 꿇을 줄 알았다.

하지만 진혁은 그녀의 예상을 깼다.

이것은 뭐 데이트는 고사하고 얼굴도 제대로 보기 힘들었다.

그녀가 야구부매니저 일을 자청해서야 간신히 진혁의 얼굴을 간간히 오후에 볼 수 있는 정도였다.

어떻게 보면 박미현의 흑역사였다.

굴욕적인 일이었다.

게다가 오늘 한혜슬에게서 식당에서 당한 일도 뼈아픈 일이었다.

비록 진혁이 자신의 옆에 앉아줌으로써 일단락 되었지만 그의 시선이 한혜슬의 뒷모습에 가있었다.

여자로서 그런 일은 용납이 되지 않았다.

박미현은 남자친구를 사겨본 경험이 전혀 없었다.

하지만 남자친구를 사귀게 된다면 지금처럼 진혁과의 관계처럼이 아닌, 공주대접을 받게 될 거라고 생각했었다.

하지만 그동안 보여준 진혁의 태도는 그녀의 기대감을 완전히 깼다.

정말 진혁은 말 그대로, 대외적인 여자 친구로서 자신을 대하고 있었다.

그 외에는 전혀 관심이 없었다.

늘 일등으로 쫓겨서 자신을 챙기는 것은 고사하고 연락조차 없었다.

물론 박미현이 스토커에 쫓겨서 위기의 순간에 진혁이 구해준 일은 있었다.

하지만 박미현은 알고 있었다.

야구부 매니저 그 누구라도 그런 상황이었다면, 아니 매니저가 아니어도 되었다.

어떤 여자라도 그런 상황에 처해있는 것을 진혁이 알았다면 구하러 갔을 것이었다.

박미현 자신이 특별해서가 아니었다.

이 모든 것이 박미현으로서는 힘든 일이었다.

어렸을 때부터 미모나 성적, 인간관계 등 모든 면에서 완벽할 정도로 사랑받고 자란 그녀였기에 더욱 이런 일이 힘들었다.

요즘 들어 박미현이 자신에게 잘해주는 야구부원인 조성완에게 기대는 것도 무리는 아니었다.

진혁이 그림 속의 왕자님이라면 조성완은 현실 속의 왕자님이기 때문이었다.

진혁은 묵묵히 박미현을 쳐다보았다.

그녀가 무슨 생각을 하고 있는지 대충 짐작이 갔기 때문이었다.

'장미보다 이쁘다고 말해야 했어나?'

진혁은 어두워진 표정의 박미현을 보면서 생각했다.

하지만 그런 말들은 진혁의 입에서 쉽게 나오기 어려웠다.

과거 지구에 있었을 때의 최진혁은 여자에 대해서 거의 몰랐다. 게다가 그때는 사춘기 시절이라서 더욱 여학생들을 대하는 것을 어려워했다.

판테온에 넘어가서 에일레나 칸 스와트 여제와 사랑에 빠지기 전까지만 하더라도 오로지 지구로 돌아가야 한다는 일념에 마법에만 열중했다.

그리고 에일레나 칸 스와트 여제 역시 성격이 대장부 못지 않았다.

사사건건 진혁에게 맞서고 따지고 위협하던 에일레나 칸 스와트 여제였다.

저돌직이면서도 매력적인 에일레나에게 진혁이 빠진 것은 시간문제였다.

진혁이 지구로 귀환해서 박미현과 이름뿐인 남자친구 관계를 형성하게 된 것도 박미현의 저돌적인 태도였었다.

그런 면면들이 에일레나의 성격을 떠올리게 했다.

하지만 박미현은 박미현이었다.

애초에 에일레나 칸 스와트 여제와 다른 존재였다.

비교 자체가 틀렸다.

더구나 귀환 이후 진혁은 지금까지 정신없이 일과 사건에 쫓기고 있었다.

사랑 때문에 가슴 아픈 것은 에일레나 칸 스와트 여제 하나로 족했다.

지금 박미현이 고민에 빠진 모습을 보니 진혁은 그녀를 이제 놔주어야 할 때라고 생각했다.

대외적인 관계도 서로간의 감정상 문제가 없어야 했다.

하지만 이렇게 남녀 간의 감정이 묘하게 얽히게 되면 문제

가 점점 복잡해질 수가 있었다.

진혁으로서는 그런 일은 사양하고 싶었다.

바빠도 너무 바쁘기 때문이었다.

그 자신의 앞에 놓인 당면과제들이 너무 많았다.

박미현이 소중하지 않다는 것은 아니었다.

하지만 남녀 간의 감정을 교류하기에는 진혁의 머릿속

에는 그런 여유가 전혀 없었다.

"미현아."

진혁은 장미꽃송이에 코를 아예 대고 냄새를 맡고 있는

박미현을 불렀다.

"으응?"

박미현은 고개를 돌려 진혁을 바라보았다.

그녀의 눈에도 올 것이 왔다는 표정이 서려 있었다.

"네가 원한다면 언제든 우리 관계는 끝이다."

진혁은 단숨에 자신이 하고 싶은 말을 했다.

이런 말들을 질질 끌어봐야 박미현에게 도움이 되지 않

을 거라고 판단했기 때문이었다.

"네가 원하면?"

박미현이 말꼬리를 붙잡았다.

그녀의 얼굴은 다소 불쾌한 기색이 떠올랐다.

아니, 자존심이 상했다.

지금 진혁의 말속에는 박미현, 자신이 진혁을 붙잡고 있는 것처럼 느껴졌기 때문이었다.

'이크.'

진혁은 순간 주춤거렸다.

'여자들이 세상에서 제일 무섭군.'

그는 자신을 째려보기까지 하는 박미현을 보고 놀랐다.

"그, 그러니깐."

진혁은 귀환 후 지구에서 이렇게 어려운 시간은 처음이었다.

도대체 어떤 말을 해야 박미현이 상처를 안 받을 수 있는지 모르겠다.

"알아. 무슨 말인지."

박미현이 대답했다.

그녀의 말속에 슬픔이 서린 것 같다고 여겨진 것은 진혁의 착각일까.

"안 그래도 나도 너에게 말할려고 했어."

박미현은 그렇게 말하면서 살짝 심호흡을 했다.

아무래도 그녀 자신의 자존심이 땅에 떨어지는 것은 절대로 볼 수가 없었다.

"말해."

진혁이 부드럽게 말했다.

그로서는 어떻게서든지 박미현의 기분을 상하지 않게 하는 것이 중요했다.

"조성완 선배가 요즘 나에게 관심이 많아."

박미현이 애써 미소를 지면서 말했다.

"……."

진혁은 아무런 대꾸도 하지 않고 박미현의 다음 말을 기다렸다.

"사귀자고 하더라. 일단은 거절했어. 너와의 관계를 청산부터 하는 게 중요하니깐."

박미현이 말했다.

그녀의 말은 진실이었다.

하지만 그녀가 거절한 것은 진혁 때문이었다. 그와의 관계를 청산하고 싶은 마음은 없었다.

이름뿐인 관계지만 이 관계를 붙잡고 싶은 것이 박미현의 솔직한 심정이었다.

사실 그녀의 마음은 하루에도 여러 번 바뀌었다. 어느쪽이 더 자신이 원하는 길인지 정말 모르겠다.

잘해주는 조성완을 보면 그와 사귀고 싶다가도 먼발치에서나마 진혁을 보고 있노라면 가슴이 뛰기 때문이었다.

"잘됐네."

진혁은 그런 박미현의 속도 모른 체 말했다.

그는 박미현의 머리를 쓰다듬어주기까지 했다.

"그동안 수고했다."

그뿐이었다.

"……?"

박미현은 자신의 머리를 쓰다듬으면서 수고했다는 말을 하는 진혁이 기가 막혔다.

"너는……."

박미현은 자신도 모르게 울컥했다. 하지만 그에게 눈물을 보이기는 싫었다. 그러면 지는 거니깐.

타타타타탁!

박미현은 진혁을 뒤로 하고 교실 쪽으로 뛰어갔다.

'내가 뭘 또 잘못했지?'

진혁은 그런 박미현의 뒷모습을 멀뚱멀뚱 쳐다보았다.

정말이지 여자를 대하는 것이 이 세상뿐 아니라 판테온까지 합쳐서 제일 무섭고 어렵다.

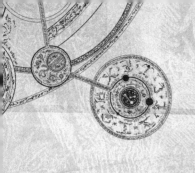

Return
of the Meister

NEO MODERN FANTASY STORY

7. KSPO의 탄생

7. KSPO의 탄생

Return of the Meister

진혁은 박정원과 함께 안기부로 향했다.

새 정권이 들어서면서 새로 임명되었던 안기부장 오국현이 그들을 불렀기 때문이었다.

얼마 전에 있었던 쥬아나의 사건 때문이기도 했다.

두사람은 비서의 안내를 받아 오국현의 집무실에 들어섰다.

"어서 오십시오."

오국현은 밝은 미소를 띠면서 두 사람을 환영했다.

'일단 나쁘지는 않군.'

진혁은 안기부장인 오국현을 보면서 생각했다.

박정원 역시 고개를 끄덕이는 품이 나쁘지 않은 듯 싶었다.

두 사람은 오국현이 권하는 응접실에 놓인 소파에 앉았
다.

곧 비서가 두 사람에게 커피를 내왔다.

"이거 학생에게 커피를 드린다니."

오국현이 비서를 보면서 말했다.

하지만 그 말속에는 진혁을 향한 뼈대가 있어 보였다.

아직 진혁의 나이가 어리다는 것을 상기시켜 주고 있는
셈이었다.

진혁을 떠보는 셈이었다.

"어머, 죄송합니다."

비서가 얼굴을 붉히면서 말했다.

"요즘 학생들은 커피 마십니다."

진혁이 비서가 건네준 커피 잔을 들면서 말했다.

"하하하. 그렇긴 하지."

오국현이 그렇게 말하면서 비서에게 눈짓을 했다.

비서는 세 사람에게 가볍게 경례를 하고는 안기부장실
을 나섰다.

"정말 17세처럼 보이지 않는군."

오국현은 진혁을 이리저리 뜯어보면서 말했다.

어떻게 보면 그의 태도는 실례에 가까웠다.

초면에 사람을 앉혀놓고 감상하는 폼이었다.

하지만 진혁은 아무런 표정을 보이지 않았다.

사실 이런 말은 사업을 하다보면 공공연하게 듣거나, 뒤에서 수군거리는 소리를 종종 들었기 때문이었다.

물론 사업을 하는 데 있어서 대놓고 17세라고 말하지는 않는다.

하지만 업무 관계상 경영진들은 자연스럽게 알게 될 수밖에 없었다.

그럴 때 그들이 보이는 반응이나 지금 오국현이 보이는 반응이나 별 차이가 없었다.

"이렇게 부르신 이유가 뭡니까?"

보다 못해 박정원이 먼저 말문을 열었다.

그가 오국현을 모르지는 않았다.

사실 오국현은 안기부 경력은 전혀 없었다.

지금 대통령이 야당 출신이기 때문에 오랫동안 대통령을 보좌하던 오국현이 안기부장이 된 것이었다.

일종의 낙하산인 셈이었지만 그럴 수밖에 없었다.

모든 정보를 쥐고 흔드는 곳이 안기부였다.

그런 만큼 대통령이 누구보다 신뢰할 수 있는 자가 안기부장이 되어야 했다.

그런 면에서는 오국현이 적임자였다.

그는 누구보다 생각이 깊고 말수가 적었다.

그리고 대통령의 가장 최측근이기도 했고 대통령의 의중을 누구보다 재빠르게 알아채는 자이기도 했다.

박정원이 안기부 팀장으로 있을 때 야당권 인사들을 감시하곤 했었다.

그럴 때 오국현도 그 감시 대상에 들어있었다.

그런 만큼 오국현에 대해서 박정원은 잘 알고 있었다.

그가 지금 진혁을 다소 어리게 취급하고 있는 것은 일종의 시험이었다.

하지만 그런 사소한 일로 시간을 끌고 싶지 않은 것이 박정원이었다.

진혁이나 박정원에게는 시간이 금이었다.

매번 상대하는 새로운 권력가들에게 진혁을 증명하느라 애쓰고 싶지 않았다.

그것이 진혁의 생각이었고 그 생각을 박정원도 잘 알고 있었다.

"하하. 박정원 팀장님. 아니지, 박 이사님이라고 불러야 되나?"

오국현이 박정원을 보면서 말했다.

다소 말에 뼈가 있었다.

박정원이 안기부에서 나가서 진혁의 회사에 이사로 취임한 것을 두고 하는 말이었다.

하지만 그렇다고 악의적인 것은 아니었다.

"뭐든 상관없습니다. 부르신 용건이 무엇입니까?"

박정원이 딱 잘라 말했다.

"성격도 급해졌군."

오국현은 그렇게 말하면서 진혁과 박정원을 번갈아 쳐다보았다.

"한국안센의 일은 어떻게 되었습니까?"

진혁이 그런 오국현을 보면서 질문했다.

괜히 서로를 탐색하고 기를 잡느라 시간을 소모하는 것이 싫었기 때문이었다.

"아, 그일."

오국현은 진혁을 보면서 미소를 지었다.

'역시 예사롭지 않군.'

그는 진혁에게서 은근히 풍겨 나오는 카리스마에 탄복했다.

처음 안기부장실을 들어설 때부터 풍겨졌다.

주위를 압도하는 힘.

모든 이의 시선이 집중되는 매력.

그런 것들이 이제 17세인 진혁에게서 나오고 있었다.

실지로 안기부에 들어설 때부터 비서들은 물론이고 요원들도 진혁을 스치고 지나갈 때면 힐끔힐끔 쳐다보았다.

그렇지만 그 누구도 감히 진혁에게 말을 붙이지는 못했다.

그만큼 그에게서 느껴지는 카리스마는 제왕의 그것과 같았다.

그런 카리스마는 나이 오십 줄에 들어선 오국현에게도 어려운 일이었다.

아니, 현 대통령이라도 어려운 기운이었다.

이것은 타고나야 가능한 일이었다.

"말씀하시죠."

진혁은 차분한 어조로 오국현을 바라보았다.

하지만 오국현은 진혁의 눈빛에 압도당했다.

'탐색전은 쓸데없군.'

오국현은 그 제서야 깨달았다.

"사실 그게 참 난감하게 되었습니다."

오국현이 말을 꺼냈다.

어느새 진혁을 대하는 그의 말투가 존댓말로 바뀌고 있었다.

박정원은 오국현의 달라진 태도를 보자 그제서야 미소를 지었다.

이제야 비로소 박정원이 아는 오국현 다웠다.

원래 오국현은 모든 사람을 대할 때 예의가 바른 타입이었다.

권력을 잡고 안 잡고, 어른이건 아이이건, 가진 자 든 못가진자든 상관없이 모든 사람들을 존중하는 타입이었다.

바른 성품의 사내, 바로 오국현이었다.

'이제부터 제대로 말이 통하겠어.'

박정원은 두 사람을 번갈아 보면서 속으로 생각했다.

"난감하게 됐다는 것은 무슨 뜻입니까?"

진혁은 오국현에게 질문했다.

물론 그가 그 상황을 완전히 모르지는 않고 있었다. 이미 그 나름대로 조사를 했기 때문이었다.

"한국안센에서는 과천 연구소를 부인하고 있습니다."

오국현이 난처하다는 듯이 말했다.

"부인이라뇨?"

박정원이 짐짓 모른 척 질문했다.

"장부상으로서 한국안센과 과천에 있다는 연구소와는 연결점이 없었습니다."

오국현이 자신의 말에 두 사람이 관심을 갖고 있는 표정을 보자 열심히 설명했다.

"흠."

진혁은 신음소리를 냈다.

예상대로였다.

그들이 따로 조사한 바에도 한국안센과 과천 연구소와는 연결점이 없었다.

철저하게 지워진 것이었다.

안기부라면 좀 더 자신들이 모르는 정보까지 파악하고 있을 줄 알았다.

하지만 그들도 진혁이 알아낸 정도밖에 모르는 듯 싶었다.

"그렇다고 여기서 포기하지는 않습니다."

오국현이 딱 잘라 말했다.

그의 말속에 강한 의지가 들어있었다.

진혁으로서는 반가운 일이었다.

진혁과 박정원은 오국현을 진지한 눈빛으로 바라보았다.

지금으로서는 안기부장인 오국현이 협조해주기만 한다면 날개를 다는 것과 마찬가지이기 때문이었다.

과천 연구소 일만으로 봐도 이런 사건들이 해결되는 과정에서 권력의 도움이 절실했다.

그랬기 때문에 박정원의 수하들, 안기부 요원들을 빨리 안기부에서 데려오지 않았던 것이었다.

처음에는 바로 그들을 데려오려고 했다.

하지만 이런 일들에 있어서 공권력이 절실했다.

진혁과 박정원 만으로 연구소에 쳐들어가서 사람들을 무작정 체포할 수는 없으니깐 말이었다.

하지만 무단으로 박정원의 수하들인 안기부 요원들을 계속적으로 쓸 수가 없었다.

안기부 나름에도 지휘체계가 있기 때문이었다.

실제로 이들의 상관인 새로운 대북수사팀장이 정식으로

박정원과 안기부장에게 항의를 해왔기 때문이었다.

"어떻게 하실 겁니까?"

박정원이 물었다.

"그게."

오국현이 잠시 뜸을 들였다.

꿀꺽.

박정원은 애가 탔다.

자신의 수하들이 걸린 문제이기도 했다.

"안 그래도 요원들에게 보고 받았습니다."

오국현이 그런 박정원을 보면서 말했다.

"아."

박정원이 고개를 끄덕이면서 감탄사를 냈다.

과천 연구소에 있었던 사건을 빌미로 해서 그의 수하들,
안기부요원들에게 그간 있었던 악마숭배집단이 벌인 사건
들을 알려주었기 때문이었다.

물론 진혁이 마법사라는 것은 비밀로 하고 말이었다.

그들이 담당했던 7세 여아의 납치사건, 그리고 베트남
항공 추락시도 사건이 전부다 악마숭배집단과 관련이 있
었음을 말이었다.

박정원의 부하들이 그 말을 듣고 경악한 것은 당연했다.

과천연구소에서 보았던, 제물이 된 40-50구의 시체들
의 처참한 몰골을 직접 보았기 때문이었다.

그리고 이들이 과거 박정원과 함께 납치사건과 베트남 항공사건을 해결했기 때문이었다.

이들은 박정원의 지시에 의해서 곧바로 오국현에게 그 일을 보고했다.

물론 비밀리에 말이었다.

과천연구소에 쌓인 시체더미와 벨롭트 문양의 잔재가 없었더라면 미친 취급을 받을 수도 있었다.

하지만 그 덕에 오국현은 진실을 알게 되었다.

이일은 즉각적으로 대통령에게 보고되었다.

"대통령께서는……."

오국현은 잠시 뜸을 들였다.

일부러 박정원을 애타게 하기 위해서였다.

진혁 만이 미동도 않고 잔잔했다.

오국현은 진혁의 태도에 다시 한 번 탄복했다.

진혁이 어린나이임에도 모든 것을 훤히 꿰뚫어보는 것만 같았다.

심지어는 자신이 할 다음말까지 이미 알고 있는 것이 아닐까 하는 생각이 들 지경이었다.

"대통령께서는?"

박정원이 되물었다.

"철저하게 그 일을 진상규명하라고 했습니다."

오국현이 대답했다.

"어떻게?"

박정원이 다시 물었다.

"사실 진상규명 자체가 어려운 일이지요."

오국현이 계속 뜸을 들이면서 말했다.

"검찰과 경찰 측의 협조도 중요하니깐 말입니다."

진혁이 입을 열었다.

오국현이 그 말에 고개를 끄덕였다.

"맞습니다. 대통령 각하께서는 그 일들이 한번 일어나고 말 사건들이 아니라는 점에 주목하셨습니다."

"……."

"……."

진혁과 박정원은 오국현의 말에 서로 눈짓을 했다.

현재 돌아가는 상황으로 보아 현 대통령은 그들에게 큰 도움을 주려고 하는 듯 싶었기 때문이었다.

"KSPO."

오국현이 말했다.

"그게 뭡니까?"

박정원이 오국현이 뜬금없는 말을 하자 질문을 했다.

"대한민국비밀수호단체쯤으로 해석하면 될 듯 싶습니다."

오국현이 웃었다.

"비밀단체 말입니까?"

진혁이 물었다.

이것은 예상 밖의 소득인 셈이었다.

"그렇습니다. 그간 있었던 사건들이 일개 경찰이나 검찰, 그리고 여러분들의 힘만으로는 한계가 있을 것이라고 대통령 각하께서는 판단하셨습니다."

오국현이 말했다.

"과연."

진혁은 고개를 끄덕이면서 감탄했다.

현 대통령에 대한 자신의 판단이 틀리지 않았음을 느꼈다.

현 대통령은 오랜 야당시절에 갖은 핍박과 탄압을 이겨내고 대통령에 오른 사람이었다.

미국 등 여러 나라가 그를 인정하고 있었다.

실지로 미국에서는 현 대통령을 야당시절, 살해위협에서 구해내기도 했다.

"여러분들은 KSPO의 고문들이십니다."

오국현이 말했다.

그의 얼굴에는 자랑스러움이 배어있었다.

"이렇게까지 해주실 줄이야."

박정원이 감격에 찬 표정으로 말했다.

"아무래도 관련된 이들이 한국인들뿐 아니라 외국인들도 많았기 때문입니다. 대통령 각하께서는 그 점을 더욱 주목하셨습니다. 우리나라 뿐 아니라 해외, 다른 나라에까지 사법적인 도움을 구하기 위해서는 대통령 직속의 비밀 단체가 필요하다고 여기셨습니다."

진혁은 오국현의 설명에 고개를 끄덕였다.

그의 말은 사실이었다.

지금까지 관련된 이들 대다수는 외국인들이었다.

한국인들은 거의 하수인에 불과했다.

그런 면에서 사법적인 힘이나 외국에 도움을 요청할 강력한 단체가 필요한 것은 사실이었다.

진혁이 비밀리에 마법을 이용해서 그들을 찾아다니는 것은 한계였다.

아직까지 4서클의 마법사에 머물고 있기 때문이었다.

여러 가지 사건들이 연달아 일어난 까닭에 진혁은 제대로 태백산에 가서 시간을 갖지 못하고 있었다.

5서클이 아직도 진혁의 가슴에 안착되지 못하는 이유였다.

4서클 정도의 마력으로는 지금까지 벌어진 일들을 해결한 것도 운이 좋은 셈이었다.

"대통령 각하께 감사드립니다."

진혁이 고개를 숙였다.

"오히려 각하께서 감사패를 주셨습니다."

오국현은 그렇게 말하면서 자리에서 일어섰다.

그리고는 자신의 책상으로 가서 책상위에 놓인 것들을 들고 왔다.

그의 손에는 진혁과 박정원에게 대통령이 하사한 감사패와 고문임명장이 들려 있었다.

진혁과 박정원도 자리에서 일어섰다.

오국현은 엄숙한 표정을 짓고 대통령을 대신해서 진혁과 박정원에게 그것들을 건네주었다.

"이제부터 두 사람이 KSPO를 이끌어주셔야 합니다. 말이 고문이지 실제로는 KSPO의 최고 책임자입니다."

오국현이 그렇게 말하면서 웃었다.

그가 진혁과 박정원을 KSPO의 최고 책임자로 내세우는 데는 이유가 있었다.

아무래도 비밀단체이기도 하고 이런 쪽에서는 안기부 요원들이나 검찰, 경찰 측도 경험이 전무 했다.

그동안 안기부 같은 곳에서 사람을 내사할 줄만 알았지 이런 일들에 대해서는 다룬 적이 거의 전무하다시피 했기 때문이었다.

물론 경찰 내부적으로 어둠집단이니 주술이니 하면서 사람을 상해하거나 죽이는 일들을 다루지 않은 것은 아니었다.

하지만 지금 일어난 일들과 그런 일들 사이에는 엄청난 괴리감이 있었다.

KSPO의 경우 우리나라 뿐 아니라 해외에 숨겨진 거대한 어둠의 힘을 가진 자들로부터 대한민국을 지키는 것이 가장 중요한 임무였다.

"최고 책임자라."

진혁이 오국현의 말에 싱긋 웃었다.

차라리 그에게 이편이 잘된 일인지도 모르겠다는 생각이 들었다.

"잘 부탁드리죠. 저도 KSPO 고문입니다."

오국현이 웃으면서 손을 내밀었다.

진혁은 그 손을 마주 잡았다.

두 사람은 서로 손에 힘을 꽉 쥐었다.

그 광경을 박정원이 흐뭇하게 바라보았다.

이 만남은 새로운 시작이었다.

바로 KSPO, 대한민국비밀수호단체의 첫날이기도 했다.

❖

진혁은 KSPO의 시작을 자신의 회사 건물인 중앙개발투자회사의 지하로 잡았다.

애초에 이 건물을 샀던 이유가 지상 5층에 비해 지하가 4층이었기 때문이었다.

어떤 이유인지 모르지만 이 건물의 지하가 꼭 필요한 날이 올 거라는 생각을 했었다.

그게 이렇게 KSPO의 본거지로 활용이 된 셈이었다.

안기부장인 오국현도 진혁의 결정을 따랐다.

중앙개발투자사의 건물이 대한민국의 수도인 중구 명동 바로 옆인 을지로에 위치한 까닭도 있었다.

바로 5분이면 시청, 광화문까지 걸어갈 수 있는 지리적 이점도 있었다. 그리고 무엇보다도 중앙로에 있는 정부중앙청사와 지리적으로 매우 가까웠기 때문이었다.

게다가 대통령이 계신 청와대하고도 매우 가깝다.

대통령에게 무슨 일이 생길 시에 KSPO의 도움을 받을 수 있는 연유도 있었다.

어쨌든 KSPO의 설립은 순조로웠다.

박정원의 수하들이었던 안기부 요원들은 특파형식으로 KSPO의 임무에 배치되었다.

여러 가지 면에서 박정원으로 서나 수하들에게 참 다행스러운 일이었다.

"재정적인 지원이 좀 아쉽군요."

박정원이 지하 2층에 마련된 KSPO의 본거지를 둘러보면서 말했다.

"아무래도 감사원의 간섭을 피하기 위해서는 어쩔 수 없죠."

진혁이 대답했다.

KSPO는 대통령 직속으로 설립된 단체이다.

물론 대통령 직속으로 의회나 감사원의 간섭을 받지 않고 사용할 수 있는 자금은 법적으로 마련돼 있었다. 하지만 그 정도의 자금으로는 KSPO가 크게 성장하기는 어렵다.

진혁은 KSPO가 빠른 속도로 자리를 잡을 수 있도록 자신의 자금을 쏟는 것을 아까워하지 않았다.

"벤처에서 벌어서 여기다 쏟네요."

박정원은 다소 그런 돈들이 아깝다는 생각을 했다.

정부에서 마음만 먹으면 더 내줄 수 있는 자금이라고 생각했기 때문이었다.

"뭐 많이 벌었잖습니까?"

진혁이 피식 웃었다.

좀전에 5층에서 백군상이 진혁에게 한참 잔소리를 했기 때문이었다.

진혁이 작년 말과 금년 초에 벤처회사에 많은 투자를 했었다.

그것이 엄청난 이익을 불러왔다.

벤처회사들이 벤처열풍을 타고 주식시장에서 고공행진을 한 까닭이었다.

게다가 진혁은 자신이 손댄 벤처회사들의 재무제표가 건실하도록 손을 대었다.

그동안 진혁이 사업적으로 바쁜 이유 중의 하나였다.

그 덕에 그가 손댄 벤처회사들은 탄탄한 재무구조와 경영을 하고 있었다.

당연히 주식시장에서 고공행진을 계속 할 수밖에 없었다. 벤처회사들의 주식은 처음 가격보다 천배가 뛴 주식들도 있었다.

연일 벤처회사들의 주가로 인해서 사회 전체가 들썩거리고 있었다.

누구는 몇 천 배 벌었네 하는 기사가 연일 신문기사에 쏟아져 나오고 있었다.

대한민국에서 명예퇴직한 사람들이라면 누구나 벤처회사를 차릴 꿈을 꾸고 있었다.

그야말로 황금을 낳는 거위쯤으로 생각하고 있었다.

그런데 진혁은 그것들을 KSPO의 설립자금 마련하느라 팔아치우고 있었다.

사실 진혁은 지금쯤에서 벤처회사들의 주식을 팔 생각을 가지고 있었다.

물론 조금 더 가지고 있으면 이익이 더 날 것이었다. 하지만 늘 최고가 보다는 10-20%는 밑져도 좋다는 생각으로 매도했다.

백군상이 보기에는 진혁의 그런 부분이 답답해 보였다. 한 푼이라도 더 움켜쥘 수 있으면 움켜쥐어야 한다는 것이 백군상의 타고난 신념이었기 때문이었다.

어쨌든 진혁의 수중에는 지금 몇 천 억의 돈이 들어 와 있었다.

아직도 팔지 않은 벤처회사의 주식들을 생각하면 앞으로 그에게 더 굴러올 돈들은 많았다.

진혁은 그것들을 아낌없이 KSPO에 투자를 하기로 했다.

일단 정부에서 KSPO의 요원들에게 7급 공무원 수준의 월급과 훈련은 제공한다.

하지만 진혁은 그 정도로 요원들을 대하는 것에 만족하지 않았다.

자신이 벤처회사 주식으로 판 돈을 가지고 재단을 하나 설립했다.

KSPO재단인 셈이었다.

그곳에 주식 판 돈을 집어넣고는 그 수익으로 매달 KSPO 요원들의 상여금을 따로 정기적으로 지불할 수 있게 했다.

그리고 혹시 모를 총격전이나 싸움에 대비해서 요원들이 입을 부상 등에 충분한 대가를 지불하기 위해서 거액의 보험도 들었다.

"이거 요원들의 사기가 팍팍 오르겠는데요?"

박정원은 재단에서 벌이는 각종 일들을 보면서 말했다.

안기부에 있을 때도 이정도의 급여나 혜택을 받지 못한 그였다.

정말이지 이렇게까지 요원들을 지원해준다면 목숨을 내놓아도 아깝지 않을 정도였다.

남아있는 가족들에 대해서 걱정할 게 전혀 없기 때문이었다.

박정원은 진혁을 우러러 볼 수밖에 없었다.

나이가 어리든 많든, 돈이라는 것은 가지면 가질수록 욕심이 많아진다.

그런데 진혁은 자신에게 들어온 그 엄청난 돈을 전부 KSPO 재단에 쏟아 부었다.

주변에서 만류를 하는 데도 불구하고 자신의 의지를 관철시켰다.

정말이지 거인의 행보였다.

한편으로 박정원으로서는 막연한 불안감이 엄습해오는 것도 사실이었다.

마법사라는 진혁이 보는, 그 어둠집단이 얼마나 깊고 넓게 전 세계에 박혀있을까 하는 두려움이었다.

박정원은 심호흡을 깊이 했다.

이제 그가 걷는 일은 절대 쉬운 길은 아닐 것이었다.

안기부의 대북수사팀장으로 있던 일도 쉬운 일은 아니었다.

하지만 그 일에 비해 이 일은 비교가 안 될 정도로 어려울 것이라는 생각이 들었다.

"앞으로 어떨지."

박정원이 자신도 모르게 중얼거렸다.

"힘들겠죠. 그들의 꼬리는 자르기는커녕 놓쳤으니."

진혁이 말했다.

그의 얼굴은 어두웠다.

과천 연구소를 조사했지만 아직까지 얻은 소득이 없기 때문이있다.

게다가 요원들 몰래 진혁이 과천 연구소, 제단이 있던 곳을 다시한번 방문했었다.

분명 쥬아나가 과천에 연구소를 세운 이유가 있을 것이라고 생각했기 때문이었다.

그리고 진혁의 생각은 틀리지 않았다.

제단이 있던, 신전처럼 생긴 그곳 한복판에는 이상한 힘이 미약하게나마 느껴졌기 때문이었다.

박정원과 있을 때는 미처 눈치 채지 못했던 일이었다.

그날은 사건이 막 일어난 직후이기도 했고 경황도 없던 차여서 진혁이 놓쳤던 것이 분명했다.

제물들이 쌓였던 곳.

그 곳의 깊은 아래쪽에서 흘러나오는 힘.

진혁은 그 힘에 집중했다.

그리고 탄식했다.

바로 엘로힘의 힘이었다.

어떻게 엘로힘의 힘이라는 것을 알았는지 설명할 수가 없었다.

그냥 느껴졌다.

아마도 진혁이 엘로힘에 가보았기 때문에 가능한 듯 싶었다.

어쩌면 경주 석굴암의 사건이 일어난 것도 따지고 보면 진혁에게 엘로힘 세계를 보여주기 위해서 벌어진 사건일지도 몰랐다.

진혁은 엘로힘에서 만났던 엘족의 여왕이 했던 말을 떠올렸다.

그리고 그곳에서 보았던 기이한 영상도.

그 영상으로 알게된 판테온과 지구의 분리 이유도 말이었다.

그것들이 사실이라면 지구 곳곳에 엘로힘의 힘이 남아있다.

물론 판테온처럼 공공연하게 고대 던전으로 소문나 있지는 않다.

하지만 지구에서도, 사악한 힘을 원하는 자들이 본능적으로 엘로힘의 힘을 찾고 있었다.

판테온에서도 발견되는 고대 던전을 보면 그곳에서 나

오는 아티팩트도 중요했지만 그 자리에 위치한 힘도 매우
컸다.

그래서 그 자리에 자신의 왕궁을 이전하는 왕들도 있었
다.

물론 판테온에서도 엘로힘과 지구와의 관계에 대해서는
아는 자들이 전무했다.

결국 진혁만이 그 이유를 알게 된 셈이었다.

그 얘긴, 엘로힘이 진혁을 선택했다는 뜻이기도 했다.
자신들의 수호자로서 말이었다.

진혁이 이렇게 까지 KSPO에 막대한 자금을 쏟는 것도
따지고 보면 엘로힘을 보호하기 위해서였다.

지구의 어머니, 마고를 지키기로 서약하고 난 이후 근처
의 폐광 등을 사들였던 것처럼 말이었다.

"이거 부하들을 단단히 훈련시켜야겠군요."

박정원이 진혁의 안색을 살피면서 말했다.

"그래야 할 겁니다. 훈련의 강도가 높을수록 목숨을 부
지할지도 모르죠."

진혁이 씁쓸한 표정으로 말했다.

그간 있었던 사건으로 보아서 단순히 일개 개인이 이런
일들을 벌이는 것이 아니었다.

분명 권력 있는, 힘 있는 자들이 관여되어 있었다.

진혁은 아랫입술을 꽉 깨물었다.

엘로힘을 수호하는 것만이 지구를 보호하는 일이기도
했다.

물론 판테온도 마찬가지였다.

과거 엘로힘에서 벌어졌던 같은 일이 지구나 판테온에
서 되풀이되어서는 안 되었다.

박정원은 진혁의 굳어져 가는 표정을 보면서 가슴이 막
막해졌다.

진혁이 너무 어린 나이에 많은 짐들을 어깨에 짊어지고
있는 것처럼 보였기 때문이었다.

물론 진혁이 판테온에서 100년을 살았단 것도 이미 들
었다.

하지만 지금 지구에서는 17세인 진혁이었다.

어쨌건 간에 100년을 살던 17년을 살던, 지금 진혁이 짊
어진 짐들은 수천 년도 아닌, 수만 년 어쩌면 수십만 년 전
의 거대한 역사이기도 했다.

그것을 일개 개인이 짊어진다는 것은 절대 쉬운 일은 아
니었다.

❖

진혁은 중앙개발투자회사의 임원진들을 전부 불러 모았
다.

자회사로 분리해나간 네이비의 경영진들은 빼고 말이었다.

진혁이 앉아있는 회의실 안은 적막감과 긴장감이 가득 찼다.

진혁은 경영진들을 바라보았다.

백군상이나 박정민, 나수빈 등의 얼굴이 보였다.

물론 박정원도 말이었다.

그 외에도 진혁은 IMF사태로 인해서 뜻하지 않게 건실한 회사가 부도난 임원들을 많이 스카웃 해왔다.

그들의 능력이 부족해서 회사가 부도난 것이 아니라 국가적인 문제도 한몫했기 때문이었다.

물론 그 과정에서 철저하게 경영진들을 검증한 것도 사실이었다.

그동안 진혁은 인재를 가려내고 뽑는 데에도 많은 시간을 보내왔다.

일도 중요하지만 무엇보다 회사는 인재가 중요했기 때문이었다.

그리고 전문경영진이 무엇보다도 진혁의 회사에는 필요했다.

회사가 그야말로 비약적으로 발전하고 있었기 때문이었다.

네이비만 해도 그랬다.

곧 출시될 네이비는 앞으로 엄청난 반응을 불러 모을 것이라는 것을 진혁은 잘 알고 있었다.

동생 진명이나 진명이를 돕고 있는 최성현 박사나 모두가 전문 인력이지 경영 인력이 아니다.

그렇기 때문에 회사가 잘 굴러갈 수 있도록 제대로 된 전문경영진을 뽑아야 했다.

진혁은 제일 먼저 네이비를 자회사로 분리하면서 전문경영진 선발에 주력을 했었다.

그리고 이제는 모회사인 중앙개발투자사도 다각적으로 전문경영진을 스카웃 해왔다.

박정원에게도 이미 한차례 말한 바 있지만 중앙개발투자사를 여러 자회사로 분리하기 위해서였다.

원래는 시기상조라고 생각했었다.

하지만 그에 비해 빠른 속도로 회사의 규모가 커지고 있었다.

진혁이 사들인 태백산에 있는 폐광에서 조차 충분히 이득이 날만한 광석 등이 발견되고 있었다.

또한 정부에서 폐광사태인 태백산 인근을 살리고자 강원노 정선에 강원랜드를 설립하기로 했기 때문이었다.

물론 산업통상자원부 산하의 공공기관에서 맡아하고 있었다.

2010년 정도면 강원랜드가 리조트, 스키장, 카지노 등이 완공된다.

어쨌거나 그 바람에 강원도, 특히 태백산 인근이 다 들썩이고 있는 중이었다.

7개나 폐광을 소유하고 있는 진혁으로서도 그것들을 그대로 방치할 수는 없게 되었다.

폐광이 길어지면 광업권을 정부에 반납해야 하기 때문이었다.

하지만 진혁이 원하는 것은 자신의 감독 하에 다이아몬드의 심장이 있는 주변을 보호하는 것이었다.

결국 진혁은 어쩔 수 없이라도 자신이 소유한 폐광 등을 개발하기로 했다.

외부에서 끊임없이 들어오는 폐광의 매도에 관한 요청을 거절하기 위해서였다.

어차피 다이아몬드의 심장이 있는 곳은 딱 한곳뿐이었다.

이정남이 원 소유주였던 폐광, 그 곳 말이었다.

그곳은 이정남이 안전하게 지키고 있었다.

물론 진혁이 그곳에 감시마법진도 몰래 설치해 놓았지만 말이었다. 그것뿐이 아니라 몇 가지 마법을 그곳에 걸어두었으니 문제가 없었다.

그렇다면 광석이 발견된 다른 폐광들은 개발하는 것이 훨씬 낫다는 판단이 여러모로 들었다.

그 외에 중앙개발투자사에 각 사업부문이 비약적으로 발전하고 있었다.

투자부문만 해도 금융 업 등 여러 가지 사업 분야를 정부로부터 획득했다.

물론 현 정권에서, 그간 있었던 사건들을 해결한 진혁에 대한 감사의 의미도 다소 담겨있었다.

진혁의 회사는 현 정권의 비호아래 엄청난 속도로 성장하는 셈이기는 했다.

진혁도 그 부분은 부정하지 않았다.

하지만 절대로 이권을 받겠다는 생각은 하지 않았다.

정권이란 언제든지 바뀌면 그만이기 때문이었다.

"오늘 모이시라고 한 것은……."

진혁은 말을 꺼내면서 회의실에 모인 경영진들을 찬찬이 바라보았다.

모두가 믿을 수 있는 자들이었다.

"이미 아시고계시겠지만 중앙개발투자사는 몸집이 너무 거대해졌습니다. 그래서 자회사로 각 투자부문을 분리해야 하는 것이 맞다고 판단했습니다."

진혁이 말을 꺼내자 회의실 안은 다소 소란스러워졌다. 하지만 반대하는 분위기는 아니었다.

이미 올 것이 왔다는 분위기였다.

그렇기 때문에 회의는 빠르게 진행되었다.

각 사업 분야를 독립시키는 것은 이미 진혁이 기초그림을 그려놓았기 때문이었다.

그리고 백군상에게 약속한 대로 그를 중앙종합투자사의 사장으로 내정했다.

물론 부사장부터는 전문경영진을 임원으로 삼았다.

종합금융업계가 IMF로 인해서 폐쇄된 곳이 많았기 때문에 전문 인력을 스카웃 해오는 것은 다행히 쉬웠다.

박정민이나 나수빈의 경우 경력을 살려서 중앙종합투자사의 임원으로 임명했다.

다소 나이에 비해서 파격적인 임명이었지만 두 사람은 진혁의 기대에 저버리지 않을 것이라는 믿음이 있었다.

그간 중앙투자개발사에서 보여준 박정민이나 나수빈의 능력은 저돌적으로 업무를 하는 데 있어서 시야가 넓고 금융업의 지식이 풍부했기 때문이었다.

그리고 진혁과 함께 하면서 투자에 대한 앞서가는 감각적인 능력을 배우기도 했다.

"진짜 정신없군."

백군상이 진혁에게 말했다.

그는 회사를 설립한지 1년도 안 된 상태에서 자회사까지 분리해내는 속도에 놀라고 있었다.

물론 이 건물에 입주할 때 진혁이 건물 안을 사람으로 꽉 채울 것이라고 내다보았다.

하지만 이정도로 빠른 속도일 줄은 상상도 하지 못했다. 지금은 건물 안에 직원들을 채우는 정도가 아니라 다른 건물로 이주해야만 했기 때문이었다.

중앙종합투자사의 경우, 백군상이 무리하게 사들였던 명동 내 위치한 건물로 이주하기로 했다.

그리고 중앙개발사 역시 현재 건물 옆의 건물로 이사를 결정했다. 네이비의 경우는 이미 진혁이 사두었던 삼성동 쪽에 있는 건물로 이사해 나갔다.

결국 대외적으로는 중앙종합개발투자사는 네이비, 중앙종합투자, 중앙개발, 중앙연예기획으로 나뉘었다.

지금 입주하고 있는 건물은 중앙그룹의 심장인 회장실과 본부 인력만 남기기로 했다.

사실상 KSPO가 이 건물 전체를 쓰는 것이나 마찬가지였다.

물론 대외적으로 중앙그룹의 본부실로 알리는 셈이었다.

"절 믿어주셔서 감사합니다."

진혁이 백군상을 보면서 말했다.

"아니네, 오히려 내가 자네를 놓치지 않은 것을 하늘에 감사해야 할 지경일세."

백군상이 손을 내저으면서 말했다.

"그래도 사장님이 계셨기에 제가 사업을 시작할 수가 있었습니다."

진혁이 백군상을 보면서 말했다.

처음 그와의 대면했을 때를 떠올렸다.

어머니 장혜자와 함께 대한종금사를 나서던 그를 백군상이 불러 세웠다.

그때 그가 그러지 않았다면 진혁이 지금처럼 사업을 벌일 수가 있었을까.

그당시 16살이란 나이는, 물론 지금도 마찬가지겠지만 사업을 하기에는 상당한 제약이 있었다.

백군상의 전폭적인 도움이 있었기에 진혁은 지금의 자리가 있다고 생각했다.

"자네는 도대체 없는 게 뭔가?"

백군상이 뜬금없이 물었다.

"무슨 말입니까?"

진혁이 되물었다. 백군상의 질문이 이해가 가지 않았기 때문이었다.

"사업을 보는 탁월한 안목이 있어. 싸움도 잘해. 돈도 많아. 그런데 겸손까지 갖추고 있잖은가? 허허허."

백군상이 그렇게 말하면서 웃음을 터트렸다.

"아, 쑥스럽습니다."

진혁은 자신도 모르게 뒤통수를 긁었다.

"그럴 때는 영락없는 17세이네."

백군상이 한마디 했다.

하지만 그의 눈은 진심으로 진혁을 존경하는 빛을 담고 있었다.

이번 중앙종합개발투자사를 분리하면서 진혁은 대외적으로 자신의 신분을 드러내지 않기로 했다.

모그룹인 중앙의 경우, 회장은 진혁의 어머니 장혜자로 되어 있었다.

애초에 처음 회사를 설립할 때 진혁이 대내적으로 사장으로 있으면서도 미성년자라는 이유로 그의 어머니 장혜자가 대외적으로 사장직에 앉아있었던 것과 같은 맥락이었다.

진혁은 지금 상황에서 자신이 대외적으로 드러나지 않는 것이 더 중요하다고 여겼다.

그리고 앞으로 할 수만 있다면 최대한 자회사의 경영에서는 손을 완전 떼기로 결심했다.

물론 최소한의 자문이나 뒷받침은 어쩔 수가 없지만 말이었다.

이제 막 도약하는 신생그룹이었기 때문이었다.

하지만 그런 일련의 과정을 백군상은 자신의 식대로 풀이했다.

진혁이 겸손해하는 것으로 말이었다.

진혁으로서는 백군상이 어떻게 생각하든지 상관이 없었다.

백군상을 부드럽게 바라보는 진혁의 입가에 미소가 피었다.

하지만 그의 눈은 웃고 있지 않았다.

앞으로 그의 앞에 놓인 일들이 너무도 많았기 때문이었다.

이제부터 그가 가야할 길이 더욱 험해질 수도 있다.

하지만 이렇게 자신을 믿어주는 이들이 있기에 가능하다고 여겨졌다.

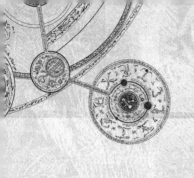

Return
of the Meister

NEO MODERN FANTASY STORY

8. 연예기획사란 1

8. 연예기획사란 1

Return of the Meister

드디어 5월에 접어들었다.

5월 첫날, 네이비는 종합검색포탈서비스를 인터넷에서 시작했다.

서비스 시작과 동시에 대한민국에 엄청난 반향을 불러왔다.

아직까지 걸음마 수준이던 인터넷의 열풍이 네이비의 서비스를 시작으로 본격적으로 시작되었다.

이미 벤처회사들의 열풍 덕에 인터넷의 열풍은 예정되어 있었다.

각종 인터넷관련 전문자격증이나 교육기관들이 우후죽순 생겨났기 때문이었다.

그리고 대한민국에 이때처럼 많은 실직자들이 쏟아진 전례가 없기 때문에 그 열풍은 실직자들의 동아줄처럼 확산되었다.

누구나 인터넷을 배우기를 열망했다.

그로인해서 컴퓨터 하드부분도 엄청난 발전을 했다. 각종 서비스들이 벤처회사들로부터 제공되었다.

정부에서도 국가차원에서 정보통신분야의 발달에 지원을 했다.

당연히 이런 발달은 인터넷뿐 아니라 이곳에 서비스를 제공하는 여러 가지 사업부문도 함께 덩달아 발전하기 시작했다.

진혁은 이미 네이비 서비스를 시작할 때부터 오션이라는 쇼핑몰 서비스 사업부문도 같이 시작을 했다.

진혁이 귀환 전 대한민국은 그때 막 인터넷쇼핑몰 창업이 엄청난 열풍을 분 이후였다.

물론 수없이 많은 회사들이 쇼핑몰을 창업했다가 도산하기도 했지만 또한 많은 회사들이 성공을 거두기도 했다.

진혁은 그것들을 떠올렸다.

장기적으로 네이비에 종합쇼핑몰 오션을 같이 탑재하는 것은 엄청난 성공을 거둘 것이라는 확신을 가졌다.

물론 아직까지 인터넷 쇼핑몰이라는 개념이 사람들에게는 희박했다.

하지만 진혁은 꾸준히 네이비의 성공을 몰아 오션을 키우는 것에 소홀하지 않았다.

다행히 네이비의 경영진들도 진혁의 이런 의도를 받아들였다.

그들은 자신들보다 나이가 한참이나 어린 진혁이 오히려 앞서가는 것에 대해서 경악을 할 지경이었다.

진혁이 보는 미래 대한민국은 그들이 보는 것보다 시야가 너무도 넓었기 때문이었다.

물론 진혁의 입장에서는 당연하지만 말이었다.

하지만 진혁도 신중할 필요성을 늘 갖고 있었다.

그는 2006년도에 판테온에 건너갔었다.

물론 의도한 것은 아니지만 말이었다.

그 얘긴, 2006년 그이후의 대한민국에 대해서는 진혁이 모른다는 뜻이었다.

게다가 진혁이 지구에 귀환 후, 과거와는 다른 일들이 벌어지고 있었다.

대부분 진혁 자신이 벌이고 있는 것들도 많았다.

미래를 알기 때문에 발 빠르게 그것들을 사업에 접목시켜 남들보다 앞서가고 있었다.

하지만 그 여파로 미래에 어떤 일들이 달라질지는 미지수였다.

그래서 진혁은 항상 경계심을 갖는 것을 잊지 않았다.

전문 경영진들을 각 자회사에 CEO로 구성시킨 것도 그런 연유에서였다.

하지만 지금은 진혁이 골머리를 썩는 것은 다른 일이었다.

바로 새로 시작한 사업 분야인 중앙연예기획사 때문이었다.

물론 중앙연예기획사의 대표는 SN 진수만의 형 진수철이었다.

이미 그와는 여러 차례 만난 적이 있던 진혁이었다.

동생 소희 때문이기도 했다.

진혁은 진수철 역시 SN의 진수만 이상으로 사업수완이 있다는 것을 발견했다.

SN의 진수만이 96년도부터 H.O.H라는 남자아이돌 그룹을 만들어 큰 성공을 거두는 것에 비해서 진수철은 그다지 운이 없을 뿐이었다.

그래서 진혁은 그에게 중앙연예기획사의 대표 자리를 부탁했었다.

하지만 다른 자회사와는 달리 중앙연예기획사는 여러모로 힘이 딸리는 상태였다.

일차적으로 진혁 자신도 이 분야에는 아는 것이 전무했기 때문이었다.

더구나 동생 소희가 하루가 멀다 하고 진혁이 있는 중앙그룹의 본부실로 찾아오고 있었다.

"오빠!"

소희는 오늘도 어김없이 학교 수업을 마치자마자 등장했다.

"어휴, 학교 끝났니?"

진혁이 한숨을 쉬면서 소희를 맞이했다.

"동생 왔는데 웬 한숨이냐?"

소희가 토라진 표정으로 물었다.

"오빠, 나도 왔어."

소희 뒤에서 지혜가 얼굴을 내밀었다.

"어, 지혜 오랜만이네."

진혁은 토라진 소희의 머리를 쓰다듬으면서도 지혜 쪽으로 시선을 돌렸다.

"오빠 때문이지."

지혜가 대뜸 말했다.

"뭐가?"

진혁이 어리둥절한 표정을 지었다.

"오빠가 집에 너무 늦게 오니깐 얼굴을 못 보잖아."

지혜도 볼멘소리로 말했다.

아무래도 지혜네는 3층에 거주하다 보니 밤늦은 시간에 귀가하는 진혁을 볼 기회가 드물었다.

한 지붕에 살아도 일부러 밤늦은 시간에 내려가기는 다소 껄끄럽기 때문이었다.

"그렇군. 미안하게 됐다."

진혁은 지혜의 머리도 쓰다듬어 주었다.

그 바람에 두 소녀의 입술은 되려 더 삐죽이 나왔다.

"오빠는 우리 둘을 완전 어린애 취급이야."

소희가 항변했다.

"넌 어린애 맞거든?"

진혁이 그런 소희를 놀리듯이 말했다.

아직 소희의 나이가 13살이니 어린이에 속했다.

"칫, 난 15살이라구."

지혜가 옆에서 볼멘소리로 말했다.

"그러게. 미안하네."

진혁이 다소 미안한 표정을 지었다.

그렇지만 지혜를 보는 이들이라면 누구나 소희 친구쯤 으로 여길게 뻔했다.

그동안 많이 성장하기는 했지만 여전히 지혜는 아이처 럼 어려보이는 것이 사실이었다.

"오늘 저녁은 오빠랑 같이 여기서 외식할까?"

진혁이 두 소녀를 풀어주기 위해서 제안을 했다.

그동안 KSPO을 설립하느라 바빴던 것은 사실이었다. 그러나 이제 어느 정도 KSPO도 안정되고 있었다.

이미 실력 있는 안기부 요원들 뿐 아니라 경찰과 검찰 측에서 뛰어난 인재들이 파견되었기 때문이었다.

물론 전부들 비밀서약을 하고 말이었다.

어쨌거나 경영권도 거의 분리가 일어난 직후라 진혁은 예전보다 시간이 다소 생겼다.

"와아."

"오늘 잘 왔네."

두 소녀는 기뻐서 어쩔 줄을 몰랐다.

진혁은 두 소녀를 소공동에 있는 조선호텔로 데려 갔다. 그곳의 레스토랑은 바비큐 립을 아주 잘하기로 유명했다.

"어때 맛있지?"

진혁은 소희와 지혜가 연신 신나게 바비큐 립을 뜯는 것을 흐뭇한 표정으로 보았다.

"이거 너무 맛있다."

지혜가 손에는 여전히 바비큐 립을 든 상태로 말했다.

"오빠 회사에 자주 와야지."

소희가 옆에서 거들었다.

"저런."

진혁이 어이없다는 듯이 말했다.

"그래그래, 나도 너 따라 자주 와야겠어."

지혜가 소희의 말에 맞장구를 쳤다.

진혁은 혹 떼려다 혹 붙인 격의 심정이 되었다.

게다가 소희의 다음 말은 더 그를 그렇게 몰아세웠다.

"참, 오빠. 체리나 언니들은 언제 무대에 오르는 거야?"

소희는 자신이 이곳에 온 목적을 잊지 않고 물었다.

"어. 그게."

진혁은 난처했다.

1998년 문화체육부는 이 해를 음악의 해로 정했다. 그 덕에 지상파 3사인 NBC, OBC, BBC등은 음악캠프니 인기가요를 개설했다.

그리고 앞 다투어 막 쏟아지고 있는 아이돌 그룹들을 무대에 세우고 있었다.

하지만 최근 설립된 중앙연예기획사에게까지 기회는 오지 않았다.

아직까지 방송국 PD나 관계자들과 접촉은 오로지 진수철의 몫이었다.

회사 규모도 다른 회사에 비해서 비교조차 안 될 정도로 작았다.

진혁은 소희 때문에 어쩔 수 없이 체리나 그룹을 맡게 되었다.

그래서 명목상 자신의 그룹에 중앙연예기획사라는 것을 끼워 넣기는 했지만 크게 관여하고 싶은 생각이 없었다. 애초에 이쪽은 그다지 관심 가는 분야도 아니었고 생각조차 하고 싶지 않은 분야였다.

체리나 그룹이 모진 일을 당하고 홀로서기 하는 것이 어렵기 때문에 이름만이라도 빌려주자는 정도의 생각이었다.

물론 기본적인 사업장소와 연습실, 숙소를 마련해주는 것은 했다.

하지만 그이상의 업무는 전부 진수철에게 맡겼다.

그런데 진수철도 방송국 관계자들을 설득해서 체리나 그룹을 무대에 세우는 것은 힘들어 했다.

그 이유는 체리나 그룹이 막 인기를 얻을 상태에서 소속사를 옮겼기 때문이었다.

계약기간이 다 되지 않은 상태에서 원래의 기획사인 박민 프로덕션이 자진해서 체리나 그룹의 전속계약을 풀어준 것으로 대외적으로 알려져 있다.

물론 진혁이 체리나 그룹의 기획사에게 약간의 협박을 했었기에 가능했다.

여자 아이돌들의 몸을 신여인에게 팔아넘긴 셈이었기 때문이었다.

사건이 커지는 것을 원하지 않던 박민 프로덕션측은 울며 겨자 먹기로 그들과의 전속계약을 스스로 파기했다.

하지만 여전히 앙금은 남아있는 상태였다.

그들 자신이 무엇을 잘못했다고 인식하지 못하는 상태였다.

아니 연예계란 원래 그런 곳이었다.

기획사들에게 있어 여자아이돌이란, 여배우란 일종의 상품이었다.

그런 만큼 암암리에 자신들과 친분이 있는, 이미 이들에게 술대접이나 성상납을 받았던 방송국 관계자들을 포섭했다.

체리나 그룹을 무대에 세우지 못하게 하기 위해서였다.

덕분에 진수철로서도 역부족이었다.

그렇다고 SN의 진수만의 힘을 빌기도 어려웠다.

진수만도 이제 막 날아오르는 새였기 때문이었다.

혹시나 진수철이 방송국 관계자를 잘못 건드리기라도 한다면 그 영향은 진수만에게도 갈 것이기 때문이었다.

결국 이 일을 해결하기 위해서는 진혁이 나서야 했다.

하지만 진혁은 나서고 싶지 않았다.

소희마저 아이돌 후보생에서 빼오고 싶은 심정이었다.

그 이유는 장하연 때문이었다.

아니 신여인이 독하게 내뱉은 말을 아직도 기억하기 때문이었다.

연예계에 만연한 일들을 진혁이 전부 뜯어고쳐낸다는 것은 어려운 일이었다.

제대로 알지도 못하는 일에 손을 대었다가 원래보다 더 잘못될 경우도 많기 때문이었다.

이미 오래 살 만큼 살았던 진혁으로서는 단순히 의협심이나 정의감만으로 세상이 돌아가지 않는다는 것을 알고 있었다.

장하연의 태도를 보아도 분명했다.

그녀는 자신의 성상납을 지극히 당연히 여겼다.

아니 그로인해서 자신이 받는 이득을 고려하고 있었다.

결국 당하는 자들도 무작정 이런 일에 휘말리는 것은 아니란 점이었다.

그렇다고 전부 방치되어야 한다는 논리는 아니었다.

진혁으로서는 지극히 생각하기도 싫은, 골치 아픈 문제였다.

게다가 그는 이런 일이 아니어도 당면한 문제가 많았다.

그렇기에 소희의 이런 요구를 차일피일 미루고 있었다.

소희는 체리나 그룹의 멤버인 박하희 와의 인연으로 인해서 마치 그들의 일을 제일처럼 나서고 있었다.

"오빠, 체리나 언니들이 올해 초부터 잘나가고 있었다는 거 알지?"

소희가 큰 눈을 또르르 굴리면서 말했다.

"알지."

진혁은 그렇게 말하고는 고개를 끄덕였다.

체리나 그룹이 음악적인 실력이 있는 것은 인정했다. 다만 그들 그룹이 올해 초에 잘나가게 된 것에는 신여인과의 거래도 한몫했었다.

각 방송국 관계자들이 그 덕에 체리나 그룹을 무대에 앞다투어서 세워주었기에 기회가 제공된 셈이었다.

하지만 지금은 방송국 관계자들이 몹시 꺼리고 있었다.

박민프로덕션이나 신여인등이 아직 방송국 관계자에게 넣은 입김을 매우 컸기 때문이었다.

정확하게는 그들이 주는 뇌물이나 성 상납 등 때문이었다.

하지만 진혁이 그런 일을 아직 어린 소희에게 소상하게 말할 수가 없었다.

아직도 그의 여동생은 세상물정 모르는 철부지에 불과했다.

그리고 진혁은 할 수만 있다면 소희에게만은 세상의 어두운 면을 절대로 보여주고 싶지 않았다.

"오빠가 그러는 데는 이유가 있겠지."

옆에서 지혜가 되려 소희를 나무랬다.

"칫, 언니는 맨날 오빠 편이야."

소희가 볼멘소리로 말했다.

"뭐 오빠가 하는 일이 항상 옳았잖아."

지혜는 담담하게 말했다.

진혁으로서는 지혜가 너무 이뻐 보이지 않을 수 없었다. 어떤 면에서 자신의 애로사항을 기가 막히게 눈치 채고 도와주는 지혜였다.

"칫, 그렇긴 해도."

소희가 항변했다.

"넌 체리나 언니들 매니저도 아니면서 왜 그렇게 나서?"

지혜가 소희에게 물었다.

사실 진혁이 소희에게 묻고 싶은 말이었다.

"그거야."

소희가 진혁의 얼굴을 한번 쳐다보고는 말했다.

"우리 오빠의 힘을 보여주고 싶어서."

"뭐?"

"뭐?"

소희의 말에 진혁과 지혜가 어이없다는 듯이 동시에 말했다.

"오빠가 체리나 언니들을 도와줬잖아. 거기서 나오게 해주기도 했고. 그 정도면 된 거 아니야?"

지혜가 차분하게 조목조목 지적했다.

"그렇긴 하지. 하지만 사람을 구해주고는 그냥 나 몰라라 하고 내버려두면 어떻게 해?"

소희가 말했다.

진혁은 자기도 모르게 고개를 끄덕였다.

소희의 말도 일정부분 맞다는 생각이 들었다.

"오빠도 그렇게 생각하지?"

소희는 진혁의 태도에 더욱 자신감을 얻었는지 자신의 말에 힘을 주었다.

"그렇긴 한데."

진혁이 소희 앞에서 쩔쩔매는 격이었다.

너무도 귀하고 이쁜 여동생 소희 앞에서는 진혁 자신도 모르게 페이스에 말려들고 있었다.

지금까지 얻은 전부와 소희를 절대 맞바꾸지 않을 정도로 동생에 대한 사랑은 매우 컸다.

진혁이 가족들을 얼마나 소중하게 여기는지 지혜도 알고 있었다.

그런 면에서 지혜는 소희가 몹시 부러웠다.

"그래도 소희 네가 나설 문제는 아닌 것 같아."

지혜가 옆에서 한마디 했다.

괜한 심술이기도 했다.

"칫. 언니는 오빠 편이네."

소희도 지지 않고 심술 맞게 한마디 했다.

그 바람에 사이좋았던 지혜와 소희 사이에서 냉랭한 기운이 돌았다.

'어휴.'

진혁은 둘을 바라보면서 한숨을 쉬었다.

사실 소희 말이 맞다.

체리나 그룹을 물에서 건져낸 것은 진혁이었다. 하지만 그런 상태에서 건져내봤자 연예계 활동은 힘들 수가 있었다.

모종의 조치를 취하지 않는 한 체리나 그룹이 앞으로 방송국의 무대에 서게 될 지는 미지수였다.

"소희야, 오빠가 생각 좀 해볼게. 그리고 지혜 말처럼 네가 너무 체리나 그룹에 관여하는 것은 자제해야 될 것 같다."

진혁이 두 소녀를 바라보면서 말했다.

"오빠가 도와준다고 한다면 앞으로 난 관여하지 않을게."

소희가 대답했다.

"역시 오빠야."

지혜도 만족스러운지 얼굴에서 미소가 떠올랐다.

진혁은 두 소녀 사이에서 평화가 되찾은 것을 보고 다행으로 여겼다.

어쨌거나 그는 연예기획이라는 하기 싫은 일을 떠맡아야 한다는 것은 분명했다.

❖

NBC 방송국 음악캠프 회의실.

음악캠프를 이끄는 최호준PD와 보조PD인 여범중 외에 작가들이 모여서 이번 주말 무대에 세울 가수들 명단을 의논하고 있었다.

지금 그들은 비상인 상태였다.

지금 한창 잘나가고 있는 H.O.H그룹이 이번 주말에 일본공연을 가기 때문이었다.

그렇게 되면 음악캠프에 H.O.H그룹이 무대에 오르지 못한다. 그것은 정말 끔찍한 일이기도 했다.

H.O.H그룹이 무대에 오르지 않으면 그들의 맞수인 젝키그룹도 오르지 않을 것이라는 통보를 받았기 때문이었다.

물론 젝키그룹이 대놓고 방송국에 그런 통보를 할리는 없다. 그들도 일본 스케줄을 표면상의 이유를 들고 있었다.

지금 대한민국의 가요계를 장악하고 있는 두 그룹이 음악캠프에 오르지 못한다면 사실상 이번 주 음악캠프는 망한 것이나 마찬가지였다.

이들을 보러 온 수많은 소녀 팬들이 난리날 것은 뻔하고 말이었다.

그 바람에 PD부터 시작해서 작가들까지 얼굴표정이 밝지 않았다.

"저, 최PD님."

여범중이 최호준의 눈치를 보면서 입을 열었다.

"의견 있으면 얘기해."

최호준이 말했다.

그는 지금 지푸라기라도 잡아야 할 상황이었다.

"체리나 그룹을 내세우는 건 어떨까요?"

"체리나 그룹?"

최호준이 그렇게 말하면서 인상을 썼다.

"그들 실력도 확실하고 불과 얼마 전까지 대중들에게 환호를 받고 있었으니 분명 H.O.H나 젝키 만큼은 아니더라도 어느 정도 이번 주 음악캠프의 위신을 세워줄 것 같습니다."

여범중은 차근차근 그 이유를 설명했다.

더구나 체리나 그룹은 최근 무대에 서지 못했음에도 불구하고 음반이 아직까지 날개돋힌 듯이 팔리고 있었다. 그런 점에서 보면 스튜디오에 모인 여학생들의 환호까지는 못 받더라도 음악캠프를 본 시청자들의 눈과 귀를 사로잡을 수는 있을 거라는 판단을 했다.

"나도 그걸 모르나."

최호준이 여범중을 면박 주듯이 말했다.

사실 음악캠프에 잔뼈가 굵은 최호준이 여범중이 내는 안건을 모를 리가 없었다.

그리고 여범중의 말대로 체리나 그룹을 내세운다면 이번 주말의 음악캠프 위기를 넘길 수도 있을지 모른다.

하지만 그러기엔 최호준의 배포는 작았다.

이미 음악캠프 CP, 즉 책임프로듀서인 상관으로부터 체리나 그룹을 절대로 무대에 내세우지 말라는 지시가 있었기 때문이었다.

"최PD님."

그때까지 조용하게 있던 가장 막내 작가가 입을 열었다.

"넌 또 왜?"

최호준이 눈살을 찌푸렸다.

지금 막내 작가가 자신을 부른 이유도 알기 때문이었다.

아직 어린 막내 작가치고 위험한 발언이리라.

"언제까지……."

"넌 입 닥치고 있어."

최호준이 막내 작가의 입을 틀어막았다.

장래가 유망한 작가였다.

하지만 이런 공식회의석상에서 방송국의 음악부문을 총괄하고 있는 이들의 상관 CP를 모욕하는 발언을 한다면 그 생명은 바로 끝나게 되기 때문이었다.

"하지만."

막내작가는 입도 못 열어본 것이 못내 아쉬운 듯이 중얼거렸다.

"넌 가만있어."

막내작가의 옆에 앉아있던 제일 큰언니 작가가 최호준

의 심경을 눈치 채고는 한마디 거들었다.

가뜩이나 다운된 회의실 분위기가 더욱 얼어버렸다.

모두가 쥐 죽은 듯이 침묵을 했다.

도대체 누구를 세울 수가 있을까.

최호준은 회의실에 앉아있는 여범중부터 시작해서 작가들의 사기가 많이 떨어진 것을 보고 마음에 몹시 걸렸다.

그 역시 이 상황을 타개하기가 쉽지는 않았다.

이번 주말 음악캠프는 그냥 욕먹는 것으로 끝내야겠다는 각오를 다질 뿐이었다.

'음.'

진혁은 NBC 음악캠프 회의실 안에 있었다.

물론 투명마법을 사용해서 말이었다.

그는 진수철을 통해서 방송국 사정이나 사람들에 대해서 어느 정도 설명을 들었다.

하지만 그가 직접 방송국 분위기가 어떤지 확인해야 했다.

겉으로 보여주는 면이 아닌, 진짜 그들의 얼굴을 말이었다.

그래서 그는 NBC방송국 뿐 아니라 이미 OBC, BBC 방송국도 전부 둘러보고 있던 참이었다.

방송국 음악관계자들이 어떤 이유로 체리나 그룹을 내세우지 않는지 알고 싶었기 때문이었다.

'현장 PD들의 경우 그다지 체리나 그룹에 악의는 없군.'

진혁은 공중파 3사를 둘러보면서 그렇게 결론을 내렸다.

대부분 현장 PD의 경우 회의 때마다 체리나 그룹의 이름이 오고갔기 때문이었다.

여기 NBC음악캠프 회의실 분위기와 흡사 다들 비슷했다.

다들 윗선인 CP나 고위 방송국 임원들의 지시 때문에 결과적으로 올리지 않는다는 점만 확인하고 있었다.

'아무래도 그들을 노려야겠군.'

진혁은 다시 한 번 음악캠프 회의실안의 사람들에게 시선을 주면서 생각했다.

※

강남 모 룸살롱.

박민 프로덕션의 대표인 박민은 NBC방송국의 CP인 정영욱을 접대하고 있었다.

"정말이지 박 사장은 사람을 대접해줄지 않다니깐."

정영욱은 술기운에 기분이 오를 데로 올라 있었다.

"이번에 저희 애들 새로 나왔습니다. 잘 부탁드립니다."

박민은 굽신거리면서 정영욱의 기분을 맞춰주고 있었다.

"암, 암. 박 사장이 그간 체리나 기집애들 때문에 얼마나 마음고생 했는지 잘 아는데 안 도와주면 내가 인간이 아니지. 딸꾹."

정영욱은 입이 열린 대로 주절주절 댔다.

그는 지금 세상 전부를 얻은 것처럼 기분이 몹시 좋았기 때문이었다.

그의 품에는 이미 박민이 건네준 돈 봉투가 들어 있었다. 게다가 정영욱의 좌우로 이쁜 여대생 둘이 머리를 기대고 있다.

물론 술집 여자들이었지만 강남에서 손꼽히는 술집여자들 중 하나였다.

정영욱은 박민에게 과한 대접을 받는 것이 지극히 당연하다고 여겼다.

그는 마치 황제처럼 박민의 눈치를 보지 않고 룸살롱에서 가장 비싼 양주와 안주를 연신 시키고 있었다.

물론 박민의 입장에서는 그것이 무척 아까웠다.

하지만 그동안 들이부은 돈에 비하면 이정도로 움찔대
어서는 안 되었다.

게다가 박민의 뒤에는 신여인이 있다.

신여인이 박민을 도와주고 있는 한 경제적인 문제도 해
결될 것이기 때문이었다.

짝짝짝.

박민이 갑자기 박수를 쳤다.

그러자 웨이터가 잽싸게 나타났다.

"부르셨습니까?"

"대기하고 있던 애들 들어오라고 해."

박민이 말했다.

"오호라, 또 이쁜 것들이 숨어있었습니까?"

정영욱의 눈에서 욕망이 서렸다.

"이번에 데뷔할 저희 애들입니다. 당연히 CP님께 미리
인사드려야지요."

박민이 정영욱의 마음에 드는 소리만 골라서 했다.

"아, 여기 애들이 아니라 아이돌들?"

정영욱의 입은 더욱 헤벌쭉해졌다.

횡재다.

솔직히 룸살롱의 이쁜이들, 술집애들은 대학생이든 뭐
든 이미 때가 타고도 한참 탄 애들이었다.

그런 애들에 비해 이제 막 데뷔하려고 준비해놓은 여자

아이돌후보생의 경우 파릇파릇한, 때 묻지 않은 애들이기 때문이었다.

꿀꺽.

정영욱은 자신도 모르게 침을 꼴깍 삼켰다.

그 모습이 박민이 보기에도 민망했다.

자신이 나서서 자신의 기획사 애들을 갖다 바치는 셈이었지만 정영욱은 좀 과하다 싶었다.

'뭐, 이래야 우리가 먹고 살겠지.'

박민은 오히려 정영욱의 이런 점이 자신에게 도움 된다는 것을 환기시켰다.

"부르셨어요."

룸살롱의 한쪽에서 사장이 부르기를 내내 기다렸던 엔젤하트 그룹이 모습을 드러냈다.

"인사해. 여기 NBC방송국 책임프로듀서인 정영욱CP님."

박민이 엔젤하트 소속인 3명의 여자애들을 보면서 말했다.

"안녕하세요. 엔젤하트의 라라, 미미, 샤아에요."

3명의 여자애들은 오랫동안 입이 부르터도록 연습했던 대로 자신들의 소개를 발랄하고 깜찍하게 했다.

"그래그래. 이쁘니들이네."

정영욱은 이제 갓 20살이 되어 보이는 3명의 아이돌 등장에 입이 완전 벌어졌다.

그는 두 팔을 벌렸다.

"......?"

그의 이런 태도에 엔젤하트 소속의 아이돌들은 서로의 얼굴을 멀뚱멀뚱 쳐다보았다.

순간 상황이 어색해졌다.

정영욱은 갓 데뷔할 여자애들이 그대로 자신의 앞에 서 있는 것이 몹시 못마땅했다.

"그러지 말고 너네들, 어서 CP님 옆에 하나씩 앉아. 니들은 저리 가고."

박민이 이 상황을 빠르게 정리했다.

정영욱의 옆에 있던 술집 여자들을 내쫓는 것은 물론이고 라라의 팔을 잡아챘다.

그리고는 정영욱의 옆에 라라, 미미를 앉혔다. 물론 그 옆에 샤아도 앉혀두었다.

여자애들은 뜻하지 않은 상황에 울상이 돼버렸다.

원래 사장인 박민이 오늘 방송국 관계자를 불러서 인사만 시킨다고 했지 술시중까지 들어야 한다는 말을 전혀 하지 않았다.

그랬다면 애초에 이곳으로 오지 않았을 것이었다.

"이것들이 아직 잘 모릅니다. CP님께서 넓은 아량으로 아이들을 매만져주십시오."

박민이 두 손을 모으면서 정영욱의 기분을 살피면서 말했다.

"그렇지, 그렇지."

정영욱은 고개를 끄덕였다.

오히려 아무것도 모르는 애들일수록 그의 구미를 더욱 댕겼다.

"니들 잘 모셔라."

박민은 엔젤하트의 여자애들을 보면서 낮게 으르렁 거렸다.

그 바람에 여자애들은 하얗게 질린 채로 아무것도 할 수가 없었다.

정영욱의 왼쪽 손이 자신을 라라라고 소개한 엔젤하트의 여자애 허벅지를 더듬기 시작했다.

"사, 사장님."

라라는 낮게 박민을 불러 보았다.

하지만 박민은 그런 라라를 위아래로 째려볼 뿐이었다.

정영욱은 라라가 저항하지 않자 이번에는 오른쪽 손을 미미의 가슴 속으로 집어넣었다.

"헉."

미미의 눈이 휘둥그레졌다.

하지만 자신을 노려보고 있는 소속사 사장인 박민 때문

에 아무런 저항을 할 수가 없었다.

주물럭 주물럭.

정영욱의 오른쪽 손은 미미의 젖가슴을 마음껏 주무르고 있었다.

"오늘밤 즐거운 시간이 되십시오."

박민이 정영욱에게 연신 고개를 숙이면서 말했다.

"박사장이 뭔가를 알아."

"저는 그만 나가보겠습니다."

박민이 그렇게 말하자 정영욱의 표정은 더욱 환해졌다.

그는 박민이 자리에서 일어서려는 것을 보자 정영욱의 눈빛이 더욱 음흉해졌다.

정영욱은 라라의 허벅지를 주무르던 손가락을 더욱 깊숙이 그녀의 치마 속으로 집어넣었다.

헉.

라라의 얼굴은 감전사한 사람마냥 놀라는 빛이 스쳐지나갔다.

하지만 그녀 역시 자신을 노려보고 서있는 박민 때문에 아무런 저항도 할 수가 없었다.

"박 사장은 이만 나가지."

정영욱이 나가려다 말고 서있는 박민을 보고 노골적으로 말했다.

"아, 예. 예."

박민은 다시 한 번 허리까지 연신 숙이면서 마치 하인처럼 굴었다.

그때였다.

똑똑.

"뭐야!"

박민이 소리쳤다.

지금 한창 기분이 달아오른 정영욱이었다.

"룸 서비스입니다."

문밖에서 웨이터의 소리가 들렸다.

"꺼져."

박민은 정영욱을 배려하기 위해서 소리쳤다.

"아냐, 들어오라고 해. 얘들도 뭘 먹어야지."

정영욱이 마치 인자한 사람처럼 말했다.

그는 지금 기분이 몹시 좋았다.

어디 기분뿐이겠는가.

양손에 아이돌 둘을 품고 있으니 말이었다.

게다가 그의 눈은 아직 만지지 못한 샤아에 가있었다.

샤아는 음흉한 눈빛으로 자신을 쳐다보고 있는 정영욱을 보고 치가 떨렸다.

그러니 라라와 미미의 기분은 설명할 필요도 없었다.

오십 줄에 가까운, 자신들의 아버지보다 나이가 더 많을

지도 모르는 남자에게 몸을 농락당하는 기분은 이루 말할 수 없이 더러웠다.

단순히 인사하러 룸살롱에 가자고 할 때부터 수상하게 여겼어야 했다.

벌컥.

룸 안의 문이 열렸다.

"너, 너는…."

박민이 룸 안으로 들어오는 진혁을 알아보고는 자신도 모르게 소리쳤다.

이미 한차례 체리나 그룹으로 인해서 진혁에게 한바탕 경을 친 그였기 때문이었다.

"또 뵙습니다."

진혁이 박민을 쳐다보면서 씨익 웃었다.

"여기가 어디라고……."

"어디긴요. 룸이죠."

진혁이 박민의 말에 느긋하게 대답했다.

"뭔 놈이야!"

그때까지 정영욱은 여자애들을 주무르느라 진혁을 크게 신경 쓰지 않았다.

하지만 박민의 목소리가 불안하게 떨리는 것을 보고 자신이 나서주어야겠다는 생각이 들었다.

그는 라라와 미미를 주무르고 있던 손을 떼면서 아쉬운

듯 그녀들을 한 번 더 쳐 다 보았다.

"중앙연예기획사의 최진혁입니다."

진혁은 또박또박하게 자신을 소개했다.

"중앙연예…… 훗."

정영욱은 진혁의 말을 듣고는 되새기다가 코웃음을 쳤
다.

자신의 기억이 맞다면 체리나 그룹이 옮긴 기획사일 것
이다.

하지만 그 기획사는 이름도 없는 신생기획사일 뿐.

주물럭주물럭.

진혁의 정체가 신생기획사에서 나온 일개 직원으로 여
긴 정영욱은 하던 일을 마저 하기 시작했다.

진혁으로서는 정영욱의 그런 태도가 불쾌하기 짝이 없
었다.

정영욱의 딸보다 어릴 것 같은 여자애들이다.

"그 손 치우시죠."

진혁이 냉랭하게 말했다.

"어쭈."

정영욱이 진혁을 보면서 기가 막힌 표정을 지었다.

"그만 나가라."

박민이 옆에서 진혁에게 말했다.

그의 목소리는 살짝 불안에 떨려 있었다.

진혁에게 호되게 당해도 너무 당했기 때문이었다.

"또 이런 식으로 여자애들을 굴리십니까?"

"내가 어떤 식으로 하든 네가 무슨 상관인데? 이 여자애들도 이게 좋으니깐 여기까지 왔지."

박민이 진혁에게 말하면서 여자애들에게 눈짓을 했다.

"……."

라라와 미미, 샤아는 박민의 눈짓에 아무런 말도 하지 못했다.

"알고 오셨습니까?"

진혁이 여자애들을 보면서 물었다.

"……."

"……."

"……."

셋 다 여전히 박민과 정영욱이 자신을 지켜보고 있는 한 아무런 말도 할 수가 없었다.

진혁은 그 모습을 씁쓸하게 지켜보았다.

자신들이 원하지 않는 이상 이들에게 도움의 손길은 줄 수가 없다.

진혁은 라라와 미미, 샤아의 그런 모습을 한심하게 쳐다보았다.

그리고는 아무런 미련도 없다는 듯이 몸을 돌려서 문 쪽으로 향했다.

저벅저벅.

라라와 미미, 샤아는 그런 진혁의 뒷모습을 안타깝게 쳐다보았다.

"별거도 아닌 놈이."

정영욱이 진혁의 뒷모습을 보면서 중얼거렸다.

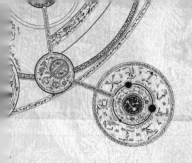

Return of the Meister

NEO MODERN FANTASY STORY

9. 연예기획사란 2

9. 연예기획사란 2

진혁이 룸을 나가기 위해서 문고리를 잡았다.

그때 미미가 어렵게 입을 열었다.

그녀는 지금 진혁에게 도움을 요청하지 않으면 앞으로 계속해서 자신의 몸은 박민이나 정영욱 같은 자들에 의해서 농락당하고 희롱당할 게 뻔하다는 생각이 들었다.

그것은 너무도 싫었다.

지금 상황만 해도 진저리가 쳐졌다.

아무리 스포트라이트를 받는 게 좋다고 해도 이것은 정말 아닌 듯 싶었다.

"도, 도와주세요."

우뚝.

진혁이 그 말을 듣고 멈췄다.

하지만 여전히 등을 돌린 채로 서있었다.

미미는 힘을 다해 소리쳤다.

"도와 달라고요!"

비로소 진혁이 몸을 돌렸다.

"이 년이!"

정영욱이 몹시 기분이 상한 듯이 소리쳤다.

박민은 이 상황이 죽을 맛이었다.

"니들은 제발 가만있어라."

그는 자신의 소속 아이돌들에게 눈을 부라리면서 말했다.

"그만 나가라."

진혁이 말했다.

여자애들은 이 상황에 어떻게 해야 할지 몰라서 망설였다.

"박사장, 애들 나가라고 하지?"

진혁이 박민을 보면서 이죽거렸다.

"······."

박민은 체리나 그룹의 일로 진혁에게 발목이 잡혀 있다.

그는 정영욱과 진혁을 번갈아 쳐다보았다.

"걔들을 풀어주면 더 이상 간섭하지 않겠다고⋯."

박민은 자신을 노려보는 진혁의 압도적인 모습에 기가 죽어서 중얼거렸다.

"그렇지. 하지만 이것은 새로운 의뢰거든."

진혁이 세 명의 여자애들을 쳐다보았다.

라라와 미미, 샤아는 지금 부들부들 떨고 있었다.

룸에 들어왔을 때부터 지금까지 일어난 모든 일들이 그녀들이 원하는 바는 아니었다.

"저분이 어떤 분인줄 알고……."

박민은 이를 악물면서 말했다.

그러면서도 여자애들에게 눈짓을 했다.

나가라는 신호였다.

라라와 미미, 샤아는 박민의 신호에 벌떡 자리에서 일어섰다.

그리고는 누구라고 할 것도 없이 앞 다투어 룸 밖으로 달려 나가버렸다.

정영욱은 술이 확 깨는 기분이었다.

오늘밤 기대하던 것들이 기분 나쁜 한 녀석의 등장으로 다 깨져버렸다.

"네놈이 내가 누군 줄 알고!"

정영욱이 진혁에게 소리쳤다.

그리고는 박민 쪽을 향해서 말했다.

"너도 저놈이랑 한패야? 내가 니 놈들을 전부 다 싹 망하게 해주지.”

“아, 아…닙니다.”

박민은 거의 울상이었다.

정영욱의 기분을 맞추자고 진혁을 거슬릴 수는 없었다. 그렇다고 진혁의 기분을 맞추자니 정영욱의 복수가 두려웠다.

그로서는 이 상황이 지옥 같았다.

“정영욱, 나이 53세. 주소 서울시 강남구 개포동….”

진혁은 정영욱의 신상에 대해서 읊기 시작했다.

“……?”

정영욱은 아연실색이 되어서 그런 진혁을 쳐다보았다.

“아내 김혜란 48세, 아들 정중상 23세,…….”

진혁의 입에서 끊임없이 정영욱의 신상뿐 아니라 가족의 신상들이 나오고 있었다.

“니 놈 뭐하는 거니?”

정영욱이 손을 휘젓었다.

어이가 없기 때문이었다.

“아들 정중상이 군 면제군. 이거 서산대병원 최 원장에게 돈을 줘서 디스크 판정받았지?”

진혁이 정영욱을 내려 보면서 조롱하듯이 말했다.

“어떻게.”

정영욱은 입을 딱 벌렸다.

지금 진혁은 자신과 가족들에 대해서 모든 것을 훤히 꿰고 있었다.

게다가 그것뿐만이 아니었다.

진혁은 품에서 무언가를 꺼내었다.

사진들이었다.

그 사진에는 신여인과 박민뿐 아니라 그동안 여러 기획사나 관계자들에게 대접받아왔던 모습들이 사진에 찍혀 있었다.

"이… 이게."

정영욱은 신음소리를 냈다.

"이 사진들 가지고 신문기사에 갈 필요도 없지."

진혁이 말했다.

"그… 그러면?"

정영욱의 얼굴은 그야말로 사색이 되었다.

"집 전화번호가 543-2387 맞지?"

진혁이 말했다.

"어… 어떻게 하려고?"

"뭐, 집에 전화해서 아내 분에게만 보여드려도 충분할 것 같은데?"

진혁이 비꼬듯이 말했다.

정영욱은 진혁의 말에 모든 것이 무너지는 기분을 맛보았다.

지금 진혁이 들고 있는 사진들, 아들의 군 면제 비리 등 어느 한가지만이라도 신문기자나 경찰서에게 건네진다면 그의 모든 것은 무너지고 말 것 이었다.

게다가 자신의 아내가 자신이 그간 놀았던 모습들이 담긴 사진을 본다면 어떻게 나올지 뻔했다.

정영욱은 자신도 모르게 머리를 쥐어뜯었다.

그 광경을 보고 박민은 속으로 쾌재를 불렀다.

이미 정영욱에게는 찍혔다.

그렇다는 것은 진혁이 자신에게 한 것처럼 정영욱의 발목을 잡아주어야 한다.

그렇지 않고서는 앞으로 이 바닥에서 살아남기 힘들기 때문이었다.

박민은 간신히 표정관리를 했다.

겉으로는 정영욱의 편인 듯 하면서 내심 진혁이 알아서 정영욱을 해결해주기를 말이었다.

이제 자신의 운명까지 진혁이 잡고 있는 셈이었다.

"이렇게 하자고."

진혁이 정영욱이 앉아있는 소파 쪽으로 다가왔다.

"과거는 다 과거이지. 이 순간까지 말이지."

진혁은 정영욱의 얼굴을 내려 보면서 비웃는 듯이 말했다.

"그, 그렇지."

정영욱은 진혁의 말에 일말의 희망을 느꼈다.

"체리나 그룹이 현장PD들의 정당한 평가를 받게 냅둬."

진혁이 낮게 으르렁 대면서 말했다.

"그게 무슨?"

정영욱이 언뜻 이해되지 않는다는 표정으로 물었다.

"체리나 그룹을 잘 봐달란 말이 아니야. 음악캠프 담당자들이 체리나 그룹을 방송에 세우고 싶으면 세우게 해. 그들이 알아서 하게 냅두라는 뜻이지."

진혁은 자신의 용건을 말했다.

그는 정영욱의 약점을 잡아서 체리나 그룹을 방송에 세우고 싶은 마음이 전혀 없었다.

단지 정당한 대우를 체리나 그룹이 받기를 원했다.

"그럼 지금까지 고작 체리나 그룹 때문에 이런 짓을 한 거냐?"

정영욱이 어이없다는 표정을 지었다.

"고작?"

진혁의 한쪽 눈썹이 치켜 올라갔다.

와락.

그는 정영욱의 멱살을 잡았다.

얼마나 힘이 들어갔는지 정영욱의 몸이 소파에서 5cm나 높이 들려졌다.

"네 놈이 고작이라고 여기는 일들 때문에 얼마나 많은 애들의 마음과 몸이 다치는 줄 알아?"

진혁은 정영욱을 노려보면서 말했다.

"열심히 일하고 월급 받아서 알뜰하게 살아. 또 다시 이딴 짓을 하면 그때는 네놈 집으로 찾아 갈 테니."

털썩.

진혁은 그렇게 말하면서 정영욱의 멱살을 잡은 손을 풀었다.

그 바람에 정영욱은 소파위에 내동댕이쳐졌다.

"네놈이 나한테 이런 짓을 하고도 멀쩡할 거란 생각은 안 해봤냐!"

정영욱이 악에 받쳐서 한마디 했다.

"뇌물 받고 애들 주무르고, 이런 것은 잘못된 행동이란 생각은 안 해봤냐?"

진혁이 맞받아 쳤다.

"……."

정영욱으로서도 할 말이 없었다.

자신의 행동이 전적으로 옳지 못했기 때문이었다.

"쯧쯧. 개과천선해라. 웬만하면 니 놈을 다시는 건드리기도 싫다."

진혁이 씁쓸하게 웃으면서 말했다.

그는 정영욱 같은 자들을 손봐주는 것조차 싫다는 표정

을 지었다.

"CP님, 그만 가시죠."

박민이 정영욱을 부축했다.

"박민."

진혁이 박민을 불렀다.

"아. 네. 네."

박민은 자신도 모르게 허리를 숙였다.

"네 기획사 애들 그만 좀 굴려. 이건 마지막 경고다."

진혁이 으르렁 댔다.

박민은 자신도 모르게 한기를 느꼈다.

"네, 네."

그는 무조건 진혁의 말에 고개를 끄덕였다.

진혁은 그런 박민을 보면서 가슴이 답답해져 왔다.

차라리 정영욱 같은 자는 오늘 일을 기화로 이런 일에
손을 뗄지도 모른다는 희망이 있다.

하지만 박민 같은 자는 여우처럼 눈치 보면서 또다시 이
런 일을 저지를 자였다.

누군가 박민 같은 자를 필요로 하는 한 말이었다.

지금 눈앞의 박민을 없앤다고 해도 제2, 제3의 박민은
계속해서 나올게 뻔했다.

진혁은 정영욱과 박민을 번갈아 쳐다보았다.

진혁의 얼굴에 근심이 서렸다.

체리나!

체리나!

체리나!

음악캠프 스튜디오 안은 그야말로 열광의 도가니였다.

오랜만에 무대에 선 체리나 그룹이 압도적인 가창력과 댄스 실력으로 관객들을 사로잡았기 때문이었다.

H.O.H와 젝키그룹이 나오지 않는다는 것을 안 여학생들은 처음에는 음악캠프의 진행에 호응이 별로 없었다.

하지만 체리나 그룹이 무대에 올라선 이후 분위기가 180도로 바뀌었다.

음악캠프는 체리나 그룹을 연호하는 여학생들과 남학생들로 인해 열기가 가득 찼다.

최호준와 여범중은 서로를 쳐다보았다.

그들의 예상이 적중한 셈이었다.

'어떻게 정CP님이 마음을 바꾸셨지?'

최호준은 살짝 의아심이 들었다.

하지만 그것까지 자신이 상관할 바는 아니었다.

두 사람은 기분 좋게 무대 위를 쳐다보았다.

확실히 실력파 그룹들을 무대에 세우면 절로 뿌듯함이

느껴진다.

카메라 촬영이라든지 화려한 옷차림이라든지 신경 쓸 필요가 없다.

단지 그들이 가진 실력만으로도 무대가 꾸며지니깐 말이었다.

더구나 앞으로 가수 섭외에 있어서는 담당PD의 재량권을 최대한 존중한다고 하니 최호준이나 여범중으로서는 신날 수밖에 없었다.

그들의 머릿속에는 그간 눈치 보여서 섭외하지 못한 인디계열의 가수들 명단이 떠올리고 있었다.

진혁과 소희도 방송국 스튜디오 안에 있었다.

체리나 그룹이 초대했기 때문이었다.

게다가 그들의 초대가 아니더라도 진혁으로서는 정영욱이 자신의 약속을 잘 지키는지 확인해야 했다.

혹시나 이들에게 어떤 해코지라도 할 수 있으니 말이었다.

다행히 아무런 일도 없이 방송은 끝났다.

진혁으로서는 다행인 셈이었다.

"오빠, 우리 언니들 만나고 가자."

소희가 옆에서 속삭였다.

소희의 얼굴은 지금 열광적인 스튜디오 분위기에 휩쓸

려서 흥분이 최고조로 올라있었다.

진혁은 매우 좋아라하는 여동생의 얼굴을 보자 자신도
기분이 좋아졌다.

그동안 정영욱 뿐 아니라 공중3파의 방송국관계자들을
따라다니면서 협박을 했다.

물론 정영욱과 마찬가지로 공정하게 체리나 그룹 뿐 아
니라 실력파들이 현장PD의 재량으로 방송에 설 수 있도록
말이었다.

진혁으로서는 그런 일들이 사실 기분 좋은 것은 아니었
다.

연예계의 추악한 뒷면을 보아야 했기 때문이었다.

엔젤하트 그룹의 경우, 자신의 도움을 요청했지만 그렇
지 않은 여자아이돌들도 있었다.

결국 어느 정도는 자신들이 감수해야 할 일이라고 그녀
들은 생각하는 눈치였다.

진혁은 이런 것들이 만연하는 연예계에 소희를 내버려
두어야 하나 하는 고민을 진지하게 하기 시작했다.

지금이야 13살, 나이가 어리다보니 아이돌연습생으로서
연습만 하면 그만이지만 말이었다.

이제 3, 4년 지나면 연예계에 데뷔한다고 난리칠 게 뻔
했다.

"휴우."

진혁은 자신도 모르게 한숨을 쉬었다.

옆에서 흥분해서 소리 지르고 있는 소희를 보면 기분이 좋다.

하지만 추악한 연예계의 뒤 세계를 소희가 엿보게 내버려두고 싶지 않았다.

그것이 오빠로서 진혁의 마음이었다.

"오빠, 이제 음악캠프 끝나고 있어."

소희가 진혁의 옷자락을 붙들고는 말했다.

"아, 그래."

진혁은 소희의 말에 무대 쪽으로 시선을 돌렸다.

음악캠프 MC들이 나와서 그 주의 1위를 발표하고 있었다.

지금 한창 잘나가고 있는 H.O.H였다.

이들은 일본 공연 중이므로 준비해놓은 음악과 영상을 틀어주었다.

그렇지만 무대에는 오늘 음악캠프에 참여한 가수들로 가득 메웠다.

그 자리에는 체리나 그룹도 있었다.

체리나!

체리나!

체리나 그룹이 다시 등장하자 스튜디오 안의 열기는 다시 뜨거워졌다.

"언니들 인기 최고다!"

소희는 마치 자신이 체리나 그룹이 된 것 마냥 자랑스러워했다.

"곧 1위도 하겠다."

진혁이 맞장구를 쳐주었다.

그는 체리나 그룹 멤버들의 가창력과 댄스 실력에 진심으로 감탄했다.

소희가 그토록 그들에게 방송기회를 주장하는 것도 무리는 아니었다.

'저런 인재들이 썩고 있었다니.'

진혁은 내심 혀를 찼다.

"오빠, 언니들한테 가자."

소희는 음악캠프 무대가 끝나가자 안달이 났다.

어떻게 해서든지 체리나 멤버들을 보고 싶은 듯 했다.

물론 내일도 충분히 그들을 볼 수가 있었다.

하지만 현장에서 그 열기 속에서 만나는 것과는 전혀 다른 일이었다.

"가능할까."

진혁이 중얼거렸다.

그의 예상대로 체리나 그룹을 태울 차가 있는 주차장 쪽은 이미 여학생들과 남학생들로 가득 차있었다.

"히잉. 하희한테 이 꽃다발 직접 주고 싶었는데."

소희가 손에 쥐고 있는 꽃다발을 보면서 아쉬운 듯이 말했다.

"할 수 없지. 일단 체리나 애들이 무사히 이곳을 빠져나가는 게 더 중요하지."

진혁은 소희의 머리를 쓰다듬어 주었다.

자신이 중앙연예기획사를 거느린 모그룹의 회장이라고 해서 그 힘을 이용해 체리나 멤버들을 소희 앞에 데려오기는 싫었기 때문이었다.

더구나 그는 이제 중앙그룹 회장을 모시고 있는 말단 비서에 불과한 신분이었다.

대외적으로는 말다.

진혁은 소희의 눈이 체리나 멤버들을 태운 차가 떠나갈 때까지 떼지 못하는 것을 보고 살짝 미안함이 느껴졌다.

여의도 리치칼튼 호텔 연회장.

연회장에는 공중파 3사의 사장 뿐 아니라 방송국 관계자들이 초청되어 왔다.

그들 뿐 아니라 최근 잘나간다는 가수나 유명 배우들도 얼굴을 내밀고 있었다.

이 파티의 주최자는 중앙연예기획사였다.

어떻게 신생기획사가 방송국 사장들까지 디너파티에 초대할 수 있었을까.

그 이유는 간단했다.

진혁은 중앙그룹의 자회사 네이비와 전국을 강타하고 있는 게임사인 랙슨사가 중앙연예기획사를 후원하고 있음을 공표했다.

사실 그동안은 진수철이 대표로 있는 중앙연예기획사는 자그마한 중소기업 정도로 방송관계자들에게 비쳐져있었다.

진혁이 연예기획사를 차릴 때만 해도 자신이나 그룹이 크게 관여할 이유가 없었기 때문이었다.

체리나 멤버들이 스스로 일어나 독립할 때까지 소희의 부탁대로 울타리만 되어줄 작정이었다.

하지만 체리나 그룹을 무대에 세우기 위해서 벌인 몇 가지 사건 때문에 진혁은 모종의 조치를 취했다.

자신이 가진 힘을 방송국 관계자, 특히 정영욱처럼 진혁에게 당했던 자들에게 보여주는 것은 아주 중요하다.

원래 그런 자들은 자신보다 힘이 강한 자들에게는 깨깽거리고 아무런 말도 하지 못하기 때문이었다.

물론 진혁 자신이 중앙그룹의 실질적인 회장이라는 것은 철저히 비밀로 붙였다.

어차피 대외적으로는 그의 어머니 장혜자가 회장으로

알려져 있었으니깐 말이었다.

아니나 다를까.

정영욱 같은 자들은 중앙연예기획사에서 보낸 초대장을 보고 놀라움을 금하지 못했다.

그는 진혁이 소규모의 연예기획사에 나온 건달 같은 놈인 줄 알았다.

그런데 알고 보니 최근 대한민국에서 떠오르는 신생그룹에서 일하는 녀석이었다.

정영욱은 모골이 다 송연해졌다.

그간 신여인이나 박민 같은 자들의 말만 듣고 체리나 그룹에 방송금지를 암암리에 내렸던 것을 후회했다.

"아이고, 최진혁님."

정영욱은 파티장에서 진혁의 모습을 보이자마자 잽싸게 다가와 허리를 90도로 숙이면서 인사를 건넸다.

물론 정영욱 같은 지위에 있는 자가 한낱 직원에게 이렇게 깍듯하게 대우하지는 않는다.

하지만 진혁에게 발목을 잡힌 그로서는 어떻게 해서든지 잘 보여야 했다.

"잘하고 계시죠?"

진혁은 그런 정영욱에게 말을 건넸다.

그 말속에는 룸에서 진혁이 했던 말대로 하고 있는지 여부를 물어보는 것이었다.

"당연하죠. 저는 그저 월급쟁이로서 최선을 다하고 있습니다. NBC방송국을 위해서 뼈를 묻을 각오로 최선을 다하겠습니다."

정영욱은 진혁의 속뜻을 알아채고는 장황하게 말을 늘어놓았다.

"계속 지켜보겠습니다."

"네, 네."

진혁은 얼굴을 들지 못하는 정영욱에게 한마디를 남기고 그 자리를 떠났다.

'저 자는 됐고.'

진혁의 얼굴엔 미소가 떠올랐다.

오늘 파티의 목적을 이루고 있는 셈이었다.

진혁은 그런 식으로 며칠 전 자신에게 협박받았던 방송국 관계자들을 한명 씩 한명 씩 확인했다.

그들 중 누구라도 앙심을 품어서는 안 되기 때문이었다.

물론 진혁에게 앙심을 품는 것은 상관없었다.

하지만 그들의 앙심이 힘없는 약자인 체리나 그룹에게 향해질 것을 염려했기 때문이었다.

이런 면에서 진혁은 철두철미할 정도로 체리나 그룹을 배려하고 있었다.

일은 진혁의 예상대로 일사천리로 진행되었다.

이미 중앙연예기획사의 뒤에 거대 신생그룹이 있다는

것을 안 방송국 관계자들 태도는 그전과는 180도로 달랐다.

게다가 진혁이 자신들의 약점을 전부 알고 있지 않은가.

물론 진혁은 그들에게 그들의 힘을 남용하지 않는다는 조건으로 가지고 있는 사진 등을 전부 그들에게 넘겨주기로 약속했다.

진혁에게 당한 방송국 관계자들은 이 정도로 일이 매듭지어진 것을 다행으로 여겼다.

물론 개중에 앙심을 품은 자도 있었지만 현재로서는 진혁이나 체리나 그룹에 대해서 어찌할 도리가 전혀 없었다.

반대로 보면 그동안 자신들이 저지른 만행으로 피해를 입은 자들이 그랬던 것처럼 그들도 어쩔 수 없이 잊어야 하는 기억들이었다.

❖

"정말 감사합니다."

체리나 그룹의 리더 이안나가 진혁에게 다가와 인사를 건넸다.

"전 별로 한 게 없습니다."

진혁이 딱 잘라 말했다.

    그간 방송국 관계자들을 쫓아다니면서 그들의 비리를
폭로하겠다고 협박한 것은 어디까지나 비밀이었기 때문이
었다.

    "그래도 덕분에 저희가 방송을 할 수 있었는데요."

    이안나가 말했다.

    "아닙니다. 이안나씨나 체리나 멤버들이 실력이 있으니
깐 방송국 관계자들이 섭외한 거죠."

    진혁은 짐짓 모르는 척 고개를 저었다.

    "진혁씨가 그렇게 말씀하시니깐 그렇게 알고 있을게
요."

    이안나가 미소를 띠었다.

    정말이지 그 모습이 이뻐 보였다.

    비록 같은 멤버인 박하희처럼 청순하고 아름다운 매력
은 없지만 실력으로 겸비한 자신만만한, 당당한 모습 그자
체가 이안나의 매력이었다.

    "미리 1위를 축하드리죠."

    진혁은 샴페인 잔을 수북이 담은 쟁반을 들고 지나가는
웨이터에게서 두 잔을 받아 이안나에게 건네면서 말했다.

    "미리요?"

    이안나가 싱긋 웃었다.

    "뭐, 다음 주 정도면 하시지 않을까 싶습니다."

    진혁이 싱긋 웃었다.

"저도 기대하고 있긴 해요."

이안나는 솔직하게 말하면서 웃었다.

하얀 이가 입술 사이로 반짝 거렸다.

"필요한 게 있으면 얼마든지 지원하라는 회장님의 당부이십니다."

진혁이 말했다.

물론 그 자신이 회장이었지만 그런 내색을 하기는 싫었다.

소희의 입을 단단히 막아놓은 것도 그 때문이었다.

"참 이상하죠?"

이안나가 샴페인 잔을 들고 기울이면서 말했다.

"하희가 진혁씨의 동생 소희에게 말하기만 하면 진혁씨가 나타나고, 그 다음엔 문제들이 다 해결되는 게 참 재밌어요."

이안나의 말에 진혁은 뜨끔했다.

어느정도 그녀가 눈치 챈 모양이었다.

"글쎄 말입니다. 이 세상에 우연도 참 많죠."

진혁은 그렇게 말하면서 샴페인 잔 안에 남아있는 샴페인을 들이켰다.

"진혁씨, 굉장히 멋있는 거 알아요?"

이안나는 그렇게 말하면서 진혁의 앞으로 한걸음 다가섰다.

진혁은 자신도 모르게 주위를 두리번거렸다.

다행히 모두들 파티에 열중하고 있었다.

진혁과 이안나에게 주목하고 있는 사람은 아무도 없었다.

심지어 소희마저 박하희와 함께 H.O.H멤버들과 수다를 떠느라 진혁은 아예 찾아보지도 않고 있었다.

"어머, 연애해본 적 없어요?"

이안나가 싱긋 웃었다.

진혁의 태도가 너무도 귀여웠기 때문이었다.

겉으로는 무게를 잡고 있었지만 알고 보면 완전 쑥맥남이었다.

"여자 친구는 있었습니다."

진혁이 진땀을 흘리면서 말했다.

"여자친구 있었구나."

이안나는 진혁의 말을 흘러듣고 있었다.

쪽.

그녀는 진혁의 뺨에 입술을 갖다 대었다.

그리고는 진혁의 귀에 속삭였다.

"이것은 이전의 일들에 대한 감사예요."

이안나가 말했다.

"아."

진혁의 얼굴이 순간 빨개졌다.

"오늘밤 어때요?"

이안나는 진혁의 귀에 다시 한 번 속삭였다.

진혁은 순간 할 말을 잃었다.

귀환 후, 지구에 와서 괴물이 된 쥬아나와 키스까지 한 적은 있었다.

그렇다고 해서 이런 일들이 절대 익숙한 것은 아니었다.

"풋."

이안나는 진혁의 표정이 멍해지는 것을 보고 그만 웃음을 터트렸다.

"놀리신 겁니까?"

그 제서야 진혁이 민망한 표정을 지으면서 말했다.

"놀린 것은 아니에요."

이안나가 정색을 하면서 말했다.

그리고는 그녀는 손가락을 진혁의 입술에 갖다 대었다.

꿀꺽.

진혁은 자신도 모르게 침을 삼켰다.

"오늘밤 우리는 자유시간이거든요."

"……."

진혁은 이안나의 말에 어떻게 반응을 해야 할지 순간 고민에 빠졌다.

남자로서 본능적으로 눈앞에 서있는 이안나를 안고 싶다는 생각을 안 한 것은 아니었다.

파티의 조명 탓인지, 이안나의 당당한 유혹이 너무도 매력적으로 보였기 때문이었다.

하지만 그의 이성은 경고를 보내고 있었다.

소속 연예인과 트러블이 나는 것이 좋지 않기 때문이었다.

게다가 이 상황에 다른 여자애의 얼굴이 떠올랐다.

이성과 감정의 싸움이 진혁 안에서 일어났다.

'나도 남자군.'

진혁은 자신도 모르게 이안나의 유혹에 흥분하고 있는 것을 보면서 생각했다.

이안나는 진혁이 자신의 유혹에 거의 다 넘어왔음을 확신했다.

그녀는 진혁의 목에 두 팔을 살짝 감았다.

그리고는 그녀의 얼굴을 한껏 진혁의 얼굴에 갖다 대었다.

물론 주변의 눈 때문에 오래 이런 행동을 하는 것은 위험하다.

이제 막 떠오르는 그룹이니 말이었다.

하지만 이안나는 오늘밤 대담해지고 싶었다.

눈앞의 남자, 최진혁을 놓치지 말라는 경고가 그녀의 머리와 가슴에서 끊임없이 울리고 있었다.

"오빠!"

진혁의 뒤에서 지혜의 목소리가 앙칼지게 들렸다.

"어."

"어머."

진혁과 이안나가 동시에 뒤를 돌아보았다.

이지혜였다.

"소속 연예인이랑 뭐하는 거야?"

지혜가 눈을 크게 뜨면서 짐짓 태연한 척 말했다.

"그, 그러게."

진혁은 머쓱한 표정을 지었다.

"쉿, 비밀로 해줄래. 아가야?"

이안나가 허리를 살짝 숙이면서 지혜에게 말했다.

"저 아가 아닌데요?"

지혜가 기분 나쁘다는 표정을 지면서 계속 말했다.

"언니 얼굴을 보니, 이미 과거에… 으윽…."

진혁이 얼른 지혜의 입을 막으면서 이안나에게 말했다.

"제가 알아서 하겠습니다. 이안나씨, 오늘 일은 이걸로 끝내죠."

"아."

이안나는 진심으로 안타깝다는 표정을 지었다.

하지만 그녀의 기회는 이미 날아갔음을 알았다.

저 꼬마 여자애가 등장함으로 말이다.

그녀는 진혁에게 가볍게 목례를 하고는 서둘러 그 자리를 황급히 빠져나갔다.

마지막으로 여자의 자존심을 세우고 싶었기 때문이었다.

이안나가 그 둘의 시선에서 사라지자 진혁은 얼른 지혜의 입을 막았던 손을 뗐다.

"칫."

지혜가 입을 삐죽하게 내밀었다.

"사람 관상 함부로 말하는 게 아니다."

진혁이 부드럽게 지혜를 타일렀다.

"소속연예인이랑 키스하는 것은 괜찮고?"

지혜가 대들었다.

"나쁜 것도 아닌데 뭐."

진혁이 씨익 웃었다.

"흥, 나쁜 게 아니라고?"

지혜가 그 말에 화가 난 듯한 표정을 지었다.

"오빠, 귀 좀 빌려줘."

지혜는 손가락을 까닥이면서 말했다.

"왜?"

진혁은 지혜의 말에 자신도 모르게 허리를 숙였다.

순간 지혜가 진혁의 입술에 자신의 입술을 갖다 대었다.

쪼옥.

두 입술이 맞붙는 소리가 진혁의 귀에 청아하게 울려 퍼
졌다.

멍.

진혁은 너무도 순식간에 일어난 일이라 멍한 눈으로 지
혜를 쳐다보았다.

"나쁜 것도 아닌데 왜?"

지혜는 악마 같은 미소를 띠면서 말했다.

그렇지만 그녀의 볼은 이미 홍조를 띠고 있었다.

진혁 앞에서는 아무렇지도 않게 말하고 있었지만 지혜
의 심장은 거세게 뛰고 있었다.

진혁이 어이없다는 표정으로 여전히 지혜를 내려다보았
다.

방 안에는 신여인과 몇몇 이들이 얼굴을 맞대고 있었
다.

이들의 공통점이라면 전부 진혁에게 한번 씩 당했다는
점이었다.

특히 신여인의 경우는 상황이 아주 심각했다.

정부의 고위 측과도 연결돼있기 때문이었다.

그간 정부에서 초청하는 해외 고위관리나 중요한 인물에게 분위기를 띄워주고 여자를 대주는 것이 신여인이 하는 일이었다.

그럼으로 신여인은 자신이 하는 커피사업을 독과점으로 국내에서 할 수가 있었다.

하지만 얼마 전 캉내쉬IMF총재의 접대 사건이 엉망으로 끝난 후 진혁의 협박을 받았다.

게다가 그녀가 마음에 들어하는 체리나 멤버들마저 진혁에게 뺏긴 셈이었다.

한동안 외교부 쪽에서는 신여인에게 일거리를 주지 않겠다고 전갈이 왔다.

그녀가 당면한 문제를 해결하지 않으면 이 바닥에서 영원히 매장될 수 있음을 내포하고 있었다.

신여인으로서는 발등에 불이 떨어진 셈이었다.

그녀는 왕언니로 모시고 있는 안순자를 찾았다.

신여인이 이런 일을 할 수 있게 이끌어준 안순자였다.

"흐음, 그런 일이 있었단 말이지."

안순자는 신여인에게 자세한 상황을 들었다.

그리고 신여인이 데려 온 몇몇 방송국 관계자들로부터 자신들이 당한 일들을 소상하게 들었다.

"그 놈이 중앙그룹 비서라고?"

안순자는 고개를 끄덕이면서 물었다.

"대외적으로 비서 같은데, 아무래도 중앙연예기획사의 매니저 일을 하는 것 같아요."

신여인이 자신이 조사한 것을 생각하면서 말했다.

"매니저라."

안순자는 중얼거렸다.

매니저들이 자신의 소속사를 위해서 얼마나 헌신하는지는 잘 알고 있었다. 굳은 일이든 가리지 않고 말이었다.

"양아치 같은 놈입니다."

OBC의 본부장인 사내가 말했다.

그 역시 정영욱처럼 룸살롱에서 당했던 것이었다. 정영욱과는 달리 그는 여전히 앙심을 품고 있었다.

나는 새도 떨어뜨릴 수 있다는 자신의 지위에 일개 매니저 같은 진혁이 도전한 것을 도저히 참아낼 수가 없었다.

"이 바닥에서 그런 허접한 일로 방송국 관계자를 협박했다는 건 보통 간 큰 놈이 아니지."

안순자가 말했다.

그녀의 말이 맞았다.

보통 기획사의 매니저든 관계자들은 공중파 방송국 관계자들을 어떻게든지 대접하려고 애를 쓴다.

오히려 그런 협박 수단은 자신들이 발목을 잡고 있는 소속 연예인들에게나 쓸법한 수였다.

그런데 진혁은 그 반대로 행동했다.

안순자가 보기에는 진혁이 아주 간 큰 놈이든지 아니면 뭔가 큰 한수가 있을 것이라고 판단했다.

"언니, 나 좀 도와줘."

신여인이 안순자 옆에서 졸라댔다.

"기집애, 한창 잘나갈 때는 아는 척도 안하더니."

안순자가 신여인을 흘겨 보았다.

"어머, 언니는 참. 해마다 명절 때면 꼬박꼬박 선물 보냈잖아. 그간 서운한 일은 잊고 이번 일만 힘 좀 써줘."

신여인이 안달이 난 듯한 표정을 지었다.

안순자는 그 모습을 보는 것이 즐거웠다.

"지분 10% 넘겨."

"5%."

신여인은 안순자의 말에 흥정했다.

"10%. 더 말하기도 귀찮아."

"알았어요. 언니. 10%."

안순자의 말에 신여인이 그만 말꼬리를 내렸다.

지금 안순자의 기분을 거슬려봐야 좋을 게 없었다. 진혁을 해결하지 않고서는 신여인은 이 바닥에서 계속 일할 수가 없다.

그러니 일단은 발등에 불은 끄고 봐야 했다.

그까짓 커피회사의 지분 10%, 당면한 문제에 비하면 아무것도 아니었다.

아예 회사의 독과점이 끝날 운명이었기 때문이었다.

안순자는 신여인의 표정을 보고는 고소해 죽을 지경이었다.

"언니, 언제 해결해 줄 거예요?"

신여인이 안달 난 듯이 물었다.

"일단 간 좀 보고."

안순자가 말했다.

"그냥 형부에게 바로 해결해달라고 하지."

신여인이 다소 아쉬운 듯이 말했다.

"지금 상황 알잖니? 일단 간 좀 보고, 네 년 놈들의 말이 사실이면 네 형부에게 압력 좀 넣을게."

안순자가 딱 잘라서 말했다.

그것으로 이들의 대화는 끝났다.

신여인 등은 조용히 자리에서 일어났다.

그들은 서둘러 누가 볼 새라 몰래 안순자의 집을 빠져나갔다.

안순자는 거실로 나왔다.

그녀의 얼굴엔 비릿한 미소가 가득 찼다.

작년 남편이 새로 취임한 대통령으로부터 사면을 받아 감옥에서 풀려 나왔다.

남편 전세환이 그동안 감옥에 있을 때 안순자는 서러움이란 서러움은 다 겪었다.

한때 하늘을 나는 새도 떨어트린다는 권력을 지녔던 전직 대통령인 전세환이었다.

그것도 한때였다.

시대가 바뀌고 세월이 흘렀다.

하지만 안순자에게는 아직도 커다란 미련이 남았다.

일례로 신여인 같은 자들이 그녀 주위에 넘쳐흘렀다.

'모을 수 있을 때 악착같이 모아야지.'

안순자는 스스로 각오를 다졌다.

돈이 최고다.

그러기 위해서는 신여인이 부탁한 진혁이란 양아치같은 자부터 하나씩 해결해주어야 했다.

하지만 안순자는 걱정하지 않았다.

진혁 같은 애들은 안순자의 발끝의 때만도 못한 녀석들이니깐 말이었다.

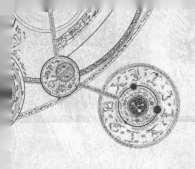

Return of the Meister

NEO MODERN FANTASY STORY

10. 최한필 교수

10. 최한필 교수

진혁은 아버지가 계신 서울대로 향했다.

"바쁜데 뭐 하러 나왔니?"

최한필 교수가 진혁을 반기면서 말했다.

말은 그리해도 진혁의 모습을 보는 것만으로도 매우 행복해 했다.

'진작 찾아뵐 걸.'

진혁은 아버지 최한필 교수의 모습에 죄송스러운 마음이 밀려 들어왔다.

그동안 진혁이 너무도 바빴던 이유도 있었다.

하지만 무엇보다도 아버지 최한필 교수에게 시간을 주기 위해서 일부러 따로 찾아뵙지 않았던 이유도 있었다.

최한필 교수.

전 세계에서 내놓으라는 천재과학자로 꼽히던 사람이
다.

그런 과학자가 어느 날 갑자기 최근의 2년간 기억을 전
부 잃어버렸다.

그리고 동료이자 벗이었던 김호식 교수의 자살 소식을
전해 들었다.

최한필 교수로서는 세상이 무너질 것만 같았다.

자신의 가족들마저 그간 진혁이 아니였더라면 매국노로
손가락질 받았을 지도 모른다는 말까지 전부 전해 들었다.

진혁의 마음 같아서야 아버지 최한필 교수가 그간의 상
황을 전부 전해 듣는 것이 마음 편치 않았다.

하지만 언제까지 최한필 교수의 귀를 막아둘 수는 없었
다. 그래서 가족들이 최한필 교수에게 그간의 일을 말할
때 그냥 내버려 두었다.

아버지 최한필 교수가 스스로 이겨내리라고 믿으면서
말이었다.

그간의 상황을 전부 전해들은 최한필 교수가 큰 충격을
받은 것은 당연했다.

그는 그이후로 쭈욱 서울대 연구실에 틀어 박혀 연구에
만 몰두했다.

가족들도 그런 최한필 교수를 이해했다.

최한필 교수가 가장 잘 하는 일이 바로 연구니깐 말이었다.

그 연구를 하면서 지친 마음과 충격을 달래기를 바랬다.

진혁 역시 마찬가지였다.

그래서 일부러 아버지 최한필 교수의 연구실 출입을 자제했다.

오늘은 이상하게 아버지를 뵙고 싶은 마음이 일었다.

자신도 모르게 이곳으로 빨려온 것처럼 방문한 것이었다.

오랜만에 뵌 아버지 최한필 교수의 얼굴은 말이 아니었다.

그동안 마음고생을 반영하는 듯이 몸도 삐쩍 마른데다가 얼굴이 더욱 초췌해 보였기 때문이었다.

"늦게 찾아 봬서 죄송합니다."

진혁이 머리를 숙였다.

"아니다. 내가 가족들을 너무 내팽개치고 있었지."

최한필 교수는 중얼거렸다.

"지금은 아버지 편하신 대로 계셔도 됩니다."

진혁이 조용히 말했다.

"오냐, 오냐. 안다. 네놈 마음이나 가족들 마음도."

최한필 교수는 그렇게 말하면서 울컥한 감정이 치솟는 것을 느꼈다.

언제부터일까.

눈앞의 아들, 진혁이 이리도 듬직하게 큰 것을 말이다.

아마도 자신의 부재 덕에 아들 진혁은 그간 가족들을 지키느라 고군분투했을 것이었다.

그 덕에 아직 어린 나이에도 불구하고 세상물정을 전부 알아버린 셈이었다.

최한필 교수는 그것만 생각하면 마음이 아파왔다.

"아버지, 일부러 애쓰지는 마십시오."

진혁이 아버지 최한필 교수를 보면서 말했다.

그는 아버지 최한필 교수가 연구소에 틀어박혀 그간 사라진 2년의 기억을 떠올리기 위해서 고군분투한다는 것을 알고 있었다.

물론 아버지가 기억하게 된다면 카르카스에 대해서 더 잘 알 수가 있다.

그들의 궁극적인 목표나 목적이 무엇인지.

그리고 그들을 도와주고 있는 힘의 세력들이 어디인지 말이었다.

하지만 그런 것보다 진혁에게 중요한 것은 아버지 최한필 교수의 안정이었다.

"아들아."

최한필 교수가 부드러운 목소리로 아들 진혁을 불렀다.

"말씀하십시오."

"네 마음은 안다. 하지만 말이다."

최한필 교수는 눈을 들어 연구소의 집기물들을 바라보았다.

"난 그것들을 알아내야 한단다. 분명 그것들은 내 일생에 가장 큰 연구였을 것이다."

"하지만 아버지. 일부러 몸을 혹사하실 필요는……."

진혁이 항변하듯이 말했다.

하지만 아버지 최한필 교수의 말에 더는 대꾸할 수가 없었다.

"나는 느낀단다. 그 연구들이 바로 나 최한필이란 인간이 지구에서 태어나 살다간 흔적이라는 것을 말이야. 그렇기 때문에 난 꼭 그것들을 되찾아야 한다. 내 두뇌 속에 숨겨진 그것들을 끄집어내기 위해서 나는 무엇이든지 할 것이다. 이런 나를 말리지 말아다오. 내가 그간 가족들에게 해준 것이 없다는 것을 안다. 이제 와서 과학밖에 모르는 내가 또 무엇을 가족에게 해줄 수 있다는 말이야?"

최한필 교수가 말했다.

그의 눈빛은 매우 진지했다.

"내가 가족들에게 해줄 수 있는 것은 과학자로서, 이 나라에 봉사하고 이 세계에 이바지 하는 사람으로 떳떳하게 섰을 때 일 것이다. 알다시피 난 하늘에게 남보다 뛰어난 두뇌를 선물로 받고 태어났다. 이 두뇌를 가지고 아무런 소득도 없이 이 지구에서 허송세월 보낸다면 그것이야 말로 가장 가족에게 면목 없는 짓 일게다."

최한필 교수는 자신의 할 말을 마쳤다.

그리고는 아들 진혁을 바라보았다.

아들만큼은 자신의 심정을 이해해주기를 바래서였다.

진혁은 아버지 최한필 교수의 말에 아무런 대답도 할 수가 없었다.

아버지의 입장으로 최한필 교수의 마음이 십분 공감가기 때문이었다.

천재과학자라는 명예가, 아버지 최한필 교수에게는 멍처럼 평생 얽매이고 살아왔을 것이라는 걸 깨달았다.

귀환 전에, 늘 아버지에게 자신이 진명이나 아버지 같은 두뇌를 갖고 태어나지 못했음을 한탄했다.

그런데 알고 보니, 아버지에게 있어서 선물과 같은 두뇌는 평생 짊어지고 가는 멍일 뿐 이었다.

'아, 아버지는 이런 심정으로 사셨구나.'

진혁은 자신도 모르게 눈시울이 뜨거워졌다.

과거 자신의 모습이 떠오르자 너무도 부끄러웠다.

쥐구멍이라도 있으면 들어가고 싶었다.

자신에게 평범하게 살라는 이유는 그런 뜻 아니었을까 하고 나름대로 해석해 보았다.

"알겠습니다. 아버지. 연구소에 계시고 싶으시면 얼마든지 계셔도 좋습니다. 어머니는 이해하고 계십니다."

진혁이 말했다.

"고맙다."

최한필 교수의 얼굴에서 그 제서야 미소가 떠올랐다.

가족이 자신의 일을 이해해준다는 것만큼 기분 좋은 일이 없다.

특히 과학자로서 연구에 시간할애가 많은 자들은 특히 그랬다.

"어떤 연구 중이십니까?"

진혁이 화제를 전환했다.

"아직 무엇을 연구해야할지 모르겠다."

최한필 교수는 그리 말하면서 얼굴에 근심이 떠올랐다.

"무엇 때문입니까?"

진혁이 물었다.

"글쎄다. 내가 핵물리학자라서 그런가?"

최한필 교수가 고개를 갸웃거렸다.

진혁은 잠잠코 있었다.

"최근 들어 내가 하고 있는 연구들이 영 마땅치 않더구나."

최한필 교수는 팔짱을 끼면서 말했다.

"분명 내 전공이 핵물리학이고 그동안 내가 연구한 자료들도 다 그에 관련된 것뿐인데."

최한필 교수는 컴퓨터 쪽을 턱짓으로 가리키면서 말했다.

그동안 서울대에서 최한필 교수가 행방불명이 되었지만 교수의 업적을 담은 연구자료 등을 그대로 보관하고 있었던 까닭이었다.

하지만 진혁은 아버지 최한필 교수가 근 2년 사이에 연구했던 것이 무엇이건 간에 이미 자료로 남아있지 않을 것이라는 판단을 했다.

김호식 교수가 그들에게 협조를 했기 때문이었다.

그렇지 않다고 해도 그들이 아버지의 기억을 지우면서 아버지가 연구한 자료들을 놔둘 것 같지 않았다.

"마음에 안 드시나 봅니다."

진혁이 최한필 교수의 얼굴을 보면서 말했다.

"그래, 그렇구나."

최한필 교수는 고개를 끄덕였다.

분명 자신이 핵물리학자가 맞다.

그리고 오랫동안 경수로와 관련된 각종 핵시설들에 대해서 연구해왔다.

좀 더 인간이 간편하고 안전하게 핵시설들을 사용할 수 있도록 연구하는 것이 평생의 목표였다.

그런데 아무리 그 연구들을 붙잡고 앉아있어도 마음에 들지 않았다.

무언가 자신이 해야 할 일이 다른 것처럼 느껴졌다.

진혁은 그런 아버지 최한필을 보면서 자신이 도울 수 있는 것이 무엇일까 생각했다.

아무래도 아버지는 경수로 관련해서 북한으로 납치된 것은 절대 아니었다.

경수로를 짓기 위해서는 아버지가 아닌 다른 국내 과학자들로도 충분했다.

아니 굳이 대한민국의 과학자를 납치하지 않고서라도 북한의 인력만으로 충분할 지도 모른다.

중국이 북한을 도와주고 있는 한 말이었다.

'무엇일까.'

진혁은 아버지 최한필 교수가 헤어졌을 때를 떠올렸다.

그가 지구로 돌아온 직후의 일을 말이었다.

'그때 아버지께서 대봉투에 든 것이 무엇이냐고 물으셨지.'

진혁은 자신의 무릎을 탁 쳤다.

"왜 그러냐?"

최한필 교수가 의아한 표정을 지으면서 진혁을 바라보았다.

"80M."

진혁이 중얼거렸다.

"80M?"

최한필 교수가 이해할 수 없다는 듯이 말했다.

"아버지께서 그날 그들에게 납치되시기 전에 저에게 알려주셨던 내용입니다."

진혁은 일부러 아버지가 자신에게 대봉투 안을 투시하도록 한 일을 언급하지 않았다.

지금은 아버지에게 굳이 자신의 정체를 드러낼 필요가 전혀 없었다.

그당시의 아버지는 분명 자신에 대해서 무언가를 알았을 것이었다.

하지만 그것은 이미 사라진 기억일 뿐이었다.

"내가 그랬다고?"

최한필 교수는 진혁의 말에 골몰했다.

진혁은 그런 아버지 최한필을 묵묵히 쳐다보았다.

어느새 그런 상태로 시간이 30분을 훌쩍 넘기고 있었다.

진혁은 조용히 아버지 최한필 교수의 연구실을 나왔다.

최한필 교수는 80M에 대해서 골몰하느라 아들 진혁이 연구실을 나서는 줄도 몰랐다.

진혁은 그런 아버지의 모습이 좋았다.

과학자로서.

자신의 전부를 바치고 헌신하는 모습이 말이었다.

아버지 최한필이 연구하던 것이 무엇인지 모르겠지만 분명 그로 인해서 진혁 자신의 정체를 어느 정도 파악하고 계셨다.

그렇다면 그것은 무엇을 의미 하는 걸까.

진혁 역시 궁금했다.

하지만 그 답은 아버지 최한필 교수가 알려줄 수 있을 거라는 확신을 했다.

진혁은 아버지 최한필 교수의 실력을 믿었다.

비록 그에게서 카르카스가 2년의 기억을 빼앗아갔지만 말이었다.

진혁은 어느새 매화당 쪽을 향해서 관악산을 오르고 있었다.

오랜만이었다.

기분이 좋았다.

그동안 쌓였던 피로감이 한꺼번에 풀렸다.

비록 태백산 같은 순수하고 대량의 마나는 이곳에 없었다. 하지만 그 자체로 관악산 특유의 마나가 있다.

아니 그런 것 따위는 없어도 좋았다.

진혁에게 있어서 관악산은 어린 시절의 추억이 녹아있는 장소였다.

'누가 있네?'

진혁은 매화당 쪽을 향하려다 말고 발길을 멈추었다.

누군가 그만의 매화당에 있는 것이 느껴졌기 때문이었다.

물론 관악산에 있는 매화당이 진혁의 것만은 아니다.

누구든지 그런 호젓한 장소를 발견하면 쉬어갈 수가 있긴 했다.

진혁은 조심스럽게 매화당 쪽으로 발걸음을 옮겼다.

'화진이……'

진혁은 매화당 한가운데 바위 위에 화진이 누워있는 것을 발견했다.

바위 위에 누워있는 화진의 모습이 참으로 편해 보였다.

'낮잠을 자고 있나?'

진혁은 그런 화진의 모습을 보고 어이가 없었다.

17살이면 다 큰 처녀이다.

아무리 사람들의 왕래가 잦은 관악산이라고 해도 이런 호젓한 장소에 여자 혼자서 누워있는 것은 큰 화를 부르기 때문이었다.

"화진아."

진혁은 조심스럽게 다가가서 화진을 불러 보았다.

번쩍.

화진은 눈을 떴다.

그녀의 눈 안에 진혁의 모습이 보였다.

'내가 헛것을 보았나.'

화진은 자신이 보고 있는 것이 믿기지가 않았다.

너무도 보고 싶어 해서 헛것이 보인 것이 아닐까 하는
생각마저 일었다.

"화진아."

진혁의 목소리가 재차 들려왔다.

"어머!"

벌떡.

그 제서야 화진은 진짜 진혁임을 깨닫고 황급히 자리에
서 일어났다.

"다 큰 여자가 이런데서 자고 있냐."

진혁이 일부러 핀잔을 주었다.

하지만 그의 얼굴엔 화진이를 오랜만에 만난 반가움이
배어 있었다.

"자려고 한 게 아닌데."

화진은 우물쭈물 대답했다.

사실 진혁네가 이사 간 뒤로 너무도 보고 싶었다.

그럴 때면 화진은 진혁이 즐겨 찾던 매화당에 왔다. 진혁의 자취를 느끼기 위해서였다.

예전에 진혁과 처음 만났던 그때를 떠올리기도 하고, 서울대로 같이 향하던 때를 떠올리기도 했다.

그때마다 엄습하는 건 후회였다.

왜 그렇게 진혁에게 쌀쌀맞고 심술궂게 굴었는지 생각할수록 후회뿐이었다.

"이곳이 좋긴 하지?"

진혁은 화진의 눈을 바라보면서 물었다.

화진은 진혁의 말에 자신의 기분을 들킨 것 마냥 볼이 붉어졌다.

"……"

"나도 좀 쉬어가자."

털썩.

진혁은 화진이 앉아있는 바위 옆에 같이 걸터앉았다.

참으로 오랜만에 이 매화당에 온 것이었다.

진혁의 얼굴에서 미소가 번졌다.

화진은 그런 진혁의 모습을 곁눈질로 쳐다보았다.

'얘도 날 좋아하나?'

하지만 그녀의 머릿속에는 전혀 다른 엉뚱한 생각을 하고 있었다.

젠 폰 드니오는 눈앞의 사내를 말없이 쳐다보았다.

눈앞의 사내는 젠 폰 드니오에게 도움을 구하고 있었다.

젠으로서는 기분 좋은 일이었다.

콧대가 높기로 유명한 슬랫가의 그 발레노 슬랫이 자신 앞에 있기 때문이었다.

"진작 도와달라고 하셨다면 쥬아나 양보다 앞섰을 텐데."

젠은 자신의 힘을 과시하고 싶었다.

"제가 생각이 짧았습니다."

발레노 슬랫은 자신보다 10살 넘게 어린 젠에게 경어를 썼다.

현재로서는 젠 폰 드니오, 아니 그의 뒤에 있는 카르카스의 힘이 필요했다.

"쥬아나 양은 어찌되었나요?"

"알 길이 없습니다. 아마도…."

"아마도?"

"연구소에 새겨진 시큐리티 마법이 사라졌다는 것은 끝났다는 것을 의미할 것 같습니다."

발레노 슬랫은 다 된 밥에 코를 빠트린 것처럼 아쉬워했다.

"도대체 어찌하다가 그 지경이 되었습니까?"

젠은 발레노 슬랫을 질책하듯이 말했다.

발레노 슬랫으로서는 기분이 상하지 않을 수 없었다. 하지만 그렇다고 내색할 수는 없는 노릇이었다.

지금은 자신이 아쉬운 때니깐 말이었다.

"정확하게 파악되고 있지 않습니다."

발레노 슬랫이 침울하게 말했다.

"아는 데까지 말해보십시오."

젠은 교만한 자세로 발레노 슬랫을 아랫사람 다루듯이 말했다.

발레노 슬랫은 어쩔 수 없이 입을 열었다.

"쥬아나 양께서 새로운 도전을 하겠다면서."

발레노 슬랫은 일부러 쥬아나라는 이름에 힘을 주었다. 자신이 계획한 일이 아님을 강조하기 위해서였다.

그리고는 그전과 다르게 새로운 타입들의 학생들을 선발한 것을 말해주었다.

그 이후 제단이 완성되고 새로운 타입 들의 학생들을 바치는 일만 남았다.

그런데 그들이 연구소에 들어오고 둘째 날이 되어서 모든 게 허무하게 무너졌다.

쥬아나가 사라진 것이었다.

정확하게는 벨롭트의 의식이 완전히 사라졌다.

아마도 벨롭트의 의식과 연결되어있던 쥬아나가 목숨을 부지하기는 어려웠을 것으로 발레노 슬랫도 내다보고 있었다.

더구나 연구소에 안기부 요원들이 들이닥쳤다.

그들뿐 아니라 곧 경찰들도 들이 닥치는 바람에 연구원들은 애초 계획한대로 탈출경로를 밟아야 했다.

"음."

젠 폰 드니오는 발레노 슬랫의 말에 귀를 기울이면서 곰곰이 생각에 잠겼다.

"쥬아나 양의 실험이 완벽하지 않을 수는 있습니다. 벨롭트님의 몸을 이 지구상에 현현시킨다는 것이 말처럼 쉬운 것은 아니니깐요."

발레노 슬랫이 아쉽다는 듯이 말했다.

그의 말은 옳다.

사실 이들의 작전이 완벽하게 성공한다는 보장이 없었다. 외부의 개입이 없다는 전제하에서도 말이었다.

일개 인간이 어디 상급악마의 힘을 담을 수 있을지 미지수이기 때문이었다.

하지만 젠 폰 드니오의 뇌리에 전혀 다른 생각이 스쳐지나갔다.

"혹시 새로운 타입들의 학생들 명단 좀 받아볼 수 있을까?"

"학생들 말입니까?"

발레노 슬랫이 의아한 표정으로 젠 폰 드니오를 쳐다 보았다.

"마음에 걸리는 자가 있어서 말이지."

젠 폰 드니오는 그렇게 말하면서 최진혁을 떠올렸다.

그의 촉감이 이상하게 이 일에 최진혁이 있다고 알려오고 있었다.

그리고 그 촉감은 현실이었다.

발레노 슬랫이 황급히 부하들을 시켜서 연구소에 입소한 새로운 타입들의 학생 명단을 갖다 주었기 때문이었다.

그 명단에는 최진혁이란 이름 석자가 또렷하게 적혀 있었다.

'역시.'

젠 폰 드니오는 한쪽 눈썹을 치켜들었다.

그리고는 자신에게 기회가 왔음을 깨달았다.

'네 이놈의 정체를 반드시 밝혀 주마.'

젠 폰 드니오는 주먹을 꽉 쥐었다.

그의 손등에서 힘줄이 불끈 솟고 있었다.

〈6권에서 계속〉

SPORTS FANTASY STORY

답답한 한국축구 리더십의 부재에 대한 해결책
죽음을 극복한 한국인 감독 박정의 분데스리가 정복기!

TACTICS

택틱스

필로스 스포츠판타지 장편소설

장르 최대사이트 문피아
골든베스트 1위 !!

북두
(주)조은세상

북두
(주)좋은세상

로열로더

NEO FUSION FANTASY STORY

가족에게 일어나는 연속적인 불행.
그것은 그가 불러들인 저주나 다름없었다.
속죄의 의미로 선택한 입대.
그리고 놓이게 된 생사의 갈림길.
저주받은 펜던트가 물어왔다.

[레벨 업을 진행하시겠습니까?]

처음 들어 보는 단어 레벨 업.
그러나 그것을 받아들인 순간 그는 다시 태어났다!!

사기적 능력을 갖게 된 제닌의 거침없는 행보!!

이희호
퓨전판타지 장편소설

※출판 일정에 따라 출간일은 변경될 수 있습니다.